KB091748

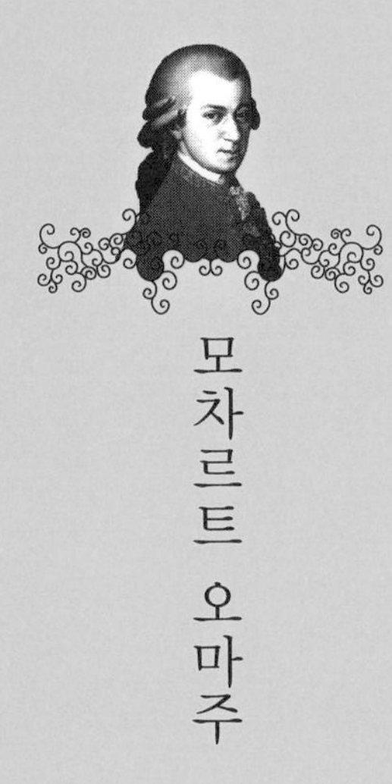

모차르트 오마주

모차르트 오마주

모차르트의 선율, 시와 그림을 만나다

초판1쇄 발행 2012년 5월 30일
초판2쇄 발행 2013년 6월 1일

지은이 김미경
펴낸이 이영선
펴낸곳 서해문집
이 사 강영선
주 간 김선정
편집장 김문정
편 집 허 승 임경훈 김종훈 김경란 정지원
디자인 오성희 당승근 안희정
마케팅 김일신 이호석 이주리
관 리 박정래 손미경

출판등록 1989년 3월 16일 (제406-2005-000047호)
주 소 경기도 파주시 문발동 파주출판도시 498-7
전 화 (031)955-7470 | **팩스** (031)955-7469
홈페이지 www.booksea.co.kr | **이메일** shmj21@hanmail.net

ISBN 978-89-7483-527-9 03800
이 도서의 국립중앙도서관 출판시도서목록(CIP)은 e-CIP홈페이지(http://www.nl.go.kr/ecip)와
국가자료공동목록시스템(http://www.nl.go.kr/kolisnet)에서 이용하실 수 있습니다.(CIP제어번호: CIP2012002239)

| **일러두기** |

연주자와 악기의 모습을 함께 살피며 음악을 감상할 수 있는 연주 동영상을 찾아, 서른세 곡 모두 모아 놓았으며
http://blog.naver.com/shmj21에 방문하면 이를 모두 감상할 수 있습니다.
저자의 유튜브 계정 http://www.youtube.com/user/mozartomaju에 들어오셔도 감상하실 수 있습니다.
QR코드로도 연결됩니다.
모차르트가 내게 들려준 이야기들이 여러분에게는 어떻게 변주되었을까요.
모차르트의 음(音)은 여러분의 가슴에 어떻게 파고들어 어떤 당신을 불러내었을까, 궁금하네요. 그 이야기를 들어와 남겨주셔도 좋겠습니다.

모차르트의 선율, 시와 그림을 만나다

김미경 지음

서해문집

| 추 천 사 |

책을 읽어도 도무지 어쩔 수 없는 벽에 부딪치는 적이 있다. 책의 내용이 어렵거나 관련 역사나 배경을 모를 때는 사실 그렇게 느낀 적이 별로 없다. 아무리 어려워도 기초부터 차근히, 또는 관련 전문가의 도움을 받는다면 이해하지 못할 게 그리 많을 리 없다. 관련 역사나 배경 또한 넓게 파고들다 보면 어느새 깊어지기에 벽 따위는 가볍게 넘을 수 있다.

하지만 번스타인의 《대답 없는 질문》 같은 책은 예외다. 그는 언어학 이론을 음악 이론과 함께 분석하며 내보이는데, 그때마다 악보를 제시한다. 그것도 오케스트라 같은 엄청난 악기들이 동시에 울리는 복잡한 악보를. 악보를 보면 한 가지 악기의 음조차 제대로 떠올리지 못하는 처지에 그러한 악보들은 벽이다. 누워있는 거대한 벽, 난공불락의 벽 앞에서 책을 제대로 읽지 못하는 절망에 빠진다.

저자의 책은 감당하기 어려운 악보 앞의 절망을 부드럽고 따뜻한 감성의 언어로 녹여 준다. 저자는 뛰어난 감수성으로 음악을 들으면서 느꼈던 자신의 내면을 섬세한 우리말로 표현해 주는 것이다.

뿐인가 저자는 음악의 세계와 독자 사이의 모든 벽을 부수는 따뜻한 파괴자이다. 또한 음악의 세계와 독자 사이를 자신이 직접 이어주는, 음악과 언어의 세계를 이어주는 무신巫神이다.

저자가 이렇게 무신이 되기 위하여 음악을 듣고 겪었을 무수한 고통에 대하여 경의를 느낀다. 또한 음악을 듣고 느꼈을 무수한 환희에 대하여 부러움을 밝힌다. 동시에 저자의 언어 덕분에 우리 모두가 쉽사리 절망하지 않을 수 있게 된 데 대하여 고마움을 느낀다.

책을 읽으며 유튜브에서 동영상을 찾아 들으면 더욱 좋겠다. 저자의 언어들이 길라잡이가 되고, 다시 체온계가 되고, 나침반이 돼 줄 것이다. 음악을 언어로 바꾸기, 불가능하리라 여겼던 영역에 도전하여 근사하게 생명의 언어를 가져온 저자에게 거듭 경의를 표한다. 우리는 이제 음악의 세계로 들어가는 또 다른 길, 저자가 꽃피운 영혼의 내밀한 언어를 통하여 근사하고 멋진 천상의 음 속으로 들어가는 길을 새로 얻었다.

숭문고등학교 교사
책으로 따뜻한 세상 만드는 교사들(책따세) 대표 허병두 모차르트를 만나온 지 여러 해다. 피아노 협주곡 21번의 강물처럼 흘러드는 오케스트라가 고통스런 마음을 적셔주던 그 신비한 첫 만남 이후로, 그의 음악을 하나하나 찾아 들을 때마다 새로운 세계가 열렸다. 부드럽게, 청초하게, 섬세하게, 영롱하게, 씁쓸하게, 처연하게……. 모차르트를 사랑하면서 구원이 무엇인지 알 것 같았다.

모차르트의 음악은 부드럽고 아름답다. 공원에서, 전철에서, 텔레비전 광고에서 자주 흘러나와 귀에 익은 곡 중에는 모차르트의 음악이 많다. 그러나 여기서 멈추지 않는다.
모차르트의 음악은 놀랄 만큼 순수하다. 친근한 일상어로 지극한 삶의 비밀을 상징하는 위대한 시처럼 완전한 아름다움의 세계로 우리를 데려간다. 기쁨, 설렘, 외로움, 슬픔 그리고 고통까지도 그의 언어를 통과하면 언제나 순도 높은 아름다움이 된다. 그런 의미에서 모차르트는 지독한 낙관주의자, 아름다움의 힘을 믿는 영원한 낭만주의자다.

나는 음악 전문가가 아니다. 많은 음반을 사서 모으거나, 음악회에 정기적으로 찾아다니는 음악 애호가도 아니다. 오히려 클래식 음악 전문가를 만나면 그만 주눅이 드는 평범한 사람이다. 그저 세월이라는 물결에 휩쓸려 내려가는 우리 인생에 한 떨기 꽃으로 다가오는 예술을 사랑하고, 예술가를 존경할 뿐이다.
그런 내게도 모차르트의 음악은 끝없는 이야기를 들려준다. 그의 음악에 표현된 만남과 설렘, 죽음과 이별, 열정과 우울, 동경과 좌절은 고스란히 나의 것이기도 하였다. 그렇게 나는 모차르트를 만났고, 나를 만났다. 그리고 이 만남을 또 다른 '나', 바로 여러분과 나누고 싶다.

모차르트를 친근하면서도 깊이 있게 소개하기 위해 크게 네 갈래로 나누어 33곡을 선곡하였다. 누구라도 부담 없이 심취하며 들을 수 있는 그의 바이올린 소나타를 1부에, 이제는 클래식의 대표 장르인 교향곡과 교향곡 수준에 필적하면서도 피아노와 오케스트라의 드라마적 전개가 두드러지는 그의 피아노 협주곡을 2부에 소개하였다. 3부에서는 매우 사색적이며 내밀한 음악 장르로 확장된 현악4중주(5중주)곡을 만날 수 있다. 4부에서는 명랑하면서 우아한 바이올린 협주곡과 목가적인 평화로움과 애수를 동시에 간직한 클라리넷 곡을 감상할 수 있다.
1부부터 4부 첫머리에는 모차르트의 대표곡이라고 할 만한 곡을 두 세곡씩 선곡했다. 이 대표곡만 찾아들어도 모차르트 음악의 투명한 아름다움을 흠씬 느낄 수 있을 것이다.
아울러 대표곡들의 작곡 시기를 중심으로 하여 모차르트의 연보를 부록에 간략히 정리해 놓았으므로, 음악과 연관 지어 읽어본다면 모차르트의 생애를 한눈에 파악할 수 있다.

음악은 상징이다. 시를 읽으며 그에 담긴 상징을 해석하듯, 모차르트 곡에 담긴 상징을 언어로 길어 올렸다. 그렇게 음악이 들려주는 이야기를 모두 언어로 번역하면서, 비슷한 이야기를 품고 있는 시와 그림도 함께 실었다.

오랫동안 반복하여 들으며 매만져온 모차르트의 음악 이야기 33편을 이제 세상에 내보낸다. 이것은 어둠의 세계에서 끝없이 빛을 추구한 그의 음악에 바치는 나의 연가이다. 그리고 여러분과 모차르트의 찬란한 만남을 바라 마지않는 나의 작은 송가頌歌이기도 하다.

2012년 5월,
모든 것이 천천히 흐르는 산촌의 작은 집에서
김미경

1: 소리의 선線을 따라

모차르트의 바이올린 소나타

2 숨죽이다 폭발하는 소리의 행성들

모차르트의 교향곡, 피아노 협주곡

3 현악기들의 사색

모차르트의 현악4중주곡, 현악5중주곡

4 바이올린과 클라리넷의 풍부한 서정

바이올린 협주곡,
클라리넷 협주곡

Wolfgang Amadeus
Mozart/
Violin
Sonata

소리의 선線을 따라

모차르트의
바이올린 소나타

소나타란 피아노 독주나, 바이올린 같은 독주 악기를 피아노가 협연하는 형태의 곡을 말합니다. 이 장에서 함께 감상할 바이올린 소나타는 바이올린을 독주 악기로 내세우고 피아노가 협연하는 곡입니다.

몇 개의 선이 모여 시 한 편을 이루듯, 소나타는 보통 악장 세 개가 모여(때로는 두 악장으로만 된 곡도 있습니다) 한 곡을 이룹니다. 가운데 악장은 앞뒤 악장보다 느린 악장으로 만들고요.

클래식을 가까이하지 않던 사람도 소나타의 한두 악장 정도는 부담 없이 심취하며 들을 수 있다는 점에서 소나타는 비교적 친근하게 다가갈 수 있는 장르입니다. 여러 대의 악기가 울리는 교향곡은 입체적이고 장엄하며 화려하지요. 그에 비해 한두 대의 악기로 악상을 이어가는 소나타는 선적이고 부드럽습니다. 교향곡이 악기들 소리에 주의를 집중하며 들어야 한다면, 소나타는 비교적 편안하게 감상자를 끌어당깁니다.

특히 모차르트의 바이올린 소나타들은, 바이올린 현의 떨림을 조용히 따르다 보면 이 한 대의 악기가 얼마나 다양한 감정으로 사람을 위로할 수 있는지 깊은 감동과 놀라움을 느끼게 됩니다. 부드러움이나 설렘부터 격렬한 열정, 때로는 울울함이나 처연함까지도 표현해내는 바이올린 소나타는 모차르트의 다양한 면모를 가장 쉽게 맛볼 수 있기에 그에게 쉽게 반하게 만드는 장르라고 생각합니다.

가늘게 이어지는 바이올린 소리의 선을 따라가며 모차르트를 만나는 여행, 준비되셨나요?

연인과의 첫 만남을 떠올리고 싶을 때 1

바이올린에게로 날아든 피아노
바이올린 소나타 B플랫 장조 26번 K.378

유려하고 청초한 느낌의 이 곡은 모차르트의 바이올린 소나타 중에서도 많이 사랑받는 곡 가운데 하나입니다. 모차르트는 21세 때 교회의 종복이 아니라 자유음악가로서 자신의 음악을 인정해주고 지원해 줄 후원자를 찾아 파리 여행을 떠났지만, 그 여행에서 아무런 소득도 없이 어머니마저 잃고 돌아왔습니다. 이 곡은 그 직후에 쓴 곡이지만 슬픔의 흔적은 느껴지지 않고, 도리어 가족과 재회한 기쁨을 표현이라도 하듯 설렘이 곳곳에 숨어 있습니다.

단 두 대의 악기로 친근하게 이야기하는 곡은 쉬우면서도 절묘한 비유를 구사하는 황진이의 시조에 비견될 만합니다. 이 곡은 특히 바이올린과 피아노, 두 악기가 만나 대화하고 있다고 생각하며 소리를 따라가면 풍부하게 들을 수 있습니다. 소리에 담긴 이야기가 풍성하게 들릴 수 있도록 볼륨을 조금 높이고 들어보세요.

악장

먼저 피아노가 청초한 목소리로 말을 합니다. 피아노의 목소리는 맑고 가볍고 밝지요. ♪15초바이올린이 툭 말을 건네네요. 그런데 피아노에 비해 변화가 많은 바이올린 소리는 드높이 솟기도 하고, 높은 곳에서 둥글게 휘어지면서 하늘을 가득 품어 지상으로 내리기도 합니다. 가볍게 설레기도 하고 격정적으로 빨라지기도 하면서 ♪54초가끔은 제가 내면에 간직한 짙은 우수를 조금씩 내비치기도 하지요. 맑은 피아노에게 반한 듯 가끔씩 짙게 떨리기도 합니다. 싱그러운 오월의 느티나무처럼 예민한 감성을 가진 청년을 떠올리면 바이올린의 분위기가 더 잘 이해될 것입니다.
♪2분피아노에게 농담이라도 걸듯 장난스레 희롱하는 대목도 있네요.
♪2분 34초이번에는 피아노를 따라가 볼까요? 바이올린이 뭐라고 하든 처음부터 끝까지 제가 가진 빛대로 청초하게 반응하는 피아노는, 저보다 훨씬 짙고 복잡한 바이올린을 따라가며 감싸주고 있지요. 마치 초여름날 빗방울같이 경쾌하고 아름답습니다. 마디 없이 곱고 예쁘게 자란 처녀를 떠올려 보시지요. 여기까지 피아노를 따라오면 이제 맨 처음 도입부 선율로 되돌아갑니다.
이렇게 만난 둘은 서로 사랑할 수 있을까요? 깊이 서로를 끌어안아 더 새롭게 커진 우주를 들여 놓을 수 있게 될까요? 2악장을 들어보면 이 둘이 어떻게 될지 더 많은 이야기를 상상할 수 있습니다.

2 악장

1악장이 첫 만남이라면 2악장은 두 존재가 서로를 깊이 알아가면서 드리워지는, 피할 길 없는 그늘을 이야기하고 있는 듯 들립니다. 이미 1악장에서 잠깐씩 내보인 바이올린의 우수가 악장 전체를 지배하지요. 그리고 이번에는 피아노도 어쩌지를 못하고 아주 작게 가만가만히 곁에서 소리 낼 뿐입니다. 당신을 이해하고 싶다고, 당신의 어둠에 내가 공명하고 싶다고 작게 이야기하는 피아노는 이제, 존재의 전환을 시도합니다. 예전의 맑고 가볍고 밝은 피아노 소리가 아닌 거지요.

바이올린이 홀로 오래 감당해 온 이 짙은 우수의 정체는 무엇일까요. 소리를 가만가만히 따라가 보기로 하지요.

우는 듯 떨리는 바이올린은 말을 걸어오는 피아노를 따라 점점 느리고 짙어지며 자신의 마음 깊숙한 곳으로 내려갑니다. 저 깊은 나락에서 그를 잡아당기는 것들은 헬 길 없이 많은 듯 보입니다. 바이올린의 이야기에 당신과 나의 삶의 순간, 쉽게 내보이기 어려웠던 짙은 슬픔이나 고통의 순간들을 얹어보면 더 쉽게 이해할 수 있을 것이에요.

♪2분 40초순식간에 삶의 의미를 무로 돌려놓는 공허감, 알지 못할 곳에서 와서 마음을 붙들고 놓아주지 않는 슬픔, 결국 아무에게도 무엇에도 끝내 닿

존 윌리엄 워터하우스, 〈큐피드의 정원으로 들어가는 프시케〉, 1904
프시케가 연인의 정원으로 들어가려 하고 있다. 정원은 그의 공간이자 그의 마음으로 해석될 수 있을 것이다. 프시케의 조심스러운 몸짓과 어딘가 그늘진 얼굴이 이 곡의 2악장에 나타난 사랑의 시련과 우수를 닮았다.

지 못할 것 같다고 느껴지는 안타까움, 그리고 마침내 존재를 점령하고 드는 외로움까지♪4분 35초. 불완전한 곳에서 끝없이 완전을 지향하지만 그리고 가끔 그 온전함 속에 잠깐씩 닿는 듯도 하건만, 더 많은 시간 자신조차 어쩌지 못할 영혼의 불만 속에 빠져들고…….

그러던 당신과 나는(그리고 이 바이올린은) 이제 혼자가 아니랍니다. 맑고 청초하기만 하던 피아노가 이제 바이올린의 오랜 슬픔에 공명해오며 그의 가슴 깊숙한 곳에 닿고 있으니까요. 청초하고 밝은 줄만 알았던 피아노가 존재의 전환까지 시도해 가며 그를 깊이 이해하려 다가오고 있으니까요.♪4분 40초

존재의 무게를 털어버리고 날아오르고 싶었던 바이올린은 어떻게 될까요?

바이올린과 피아노는, 완성될까요?

3 악장

펼치자마자 쏟아져 나와 건반 위를 달리는 손짓이 들리시나요? 뒤이어 생의 기쁨으로 충만해진 바이올린도 뛰어듭니다.
빠르고 밝고 높게 하늘 위로 흩어지는 소리의 조각들. 바람 같이 공중으로 솟아 퍼집니다. 이제 피아노와 바이올린은 세계와 서로를 향해 완전히 열려 소리를 던지고 받고, 다시 공중에서 섞여듭니다.
존재의 무게 따위 훌훌 털어버리고, 다시 지상 위에 내리더라도 끝없이 무대를 박차고 솟아오르는 저 무용수처럼 그렇게 가득히 커져가노라고 서로를 향해 환하게 웃어주는 것 같습니다.
두 악기의 경쾌한 포옹이 음악을 듣는 우리들의 가슴 속에도 둥그런 파문을 그리며 커져갑니다.

죽음이 가까이 ❷ 있음을 깨닫는 때

처연한 너무나 처연한
바이올린 소나타 21번 E단조 K.304

이 곡은 1778년, 모차르트 나이 22세에 작곡되었습니다. 음악적인 기량이 발전하면서 청년 모차르트는 잘츠부르크를 답답하게 여기기 시작했습니다. 오페라를 올릴 극장도 없고, 공연을 찾고 즐길 만한 관객층도 엷었던 데다 모차르트가 속해 있던 궁정의 대주교 콜로레도는 어디까지나 종복으로 모차르트를 대할 뿐이었거든요.

당시 음악가의 지위는 지금과 상당히 달랐습니다. 직업적인 자유음악가는 아직 탄생하기 전이었고, 교회나 궁정에 소속되어 미사나 행사에 필요한 음악을 만드는 존재에 불과했지요. 이런 상황에서 콜로레도 대주교와 계속 갈등하던 모차르트는 음악 여행을 위한 휴가를 신청했다가 해고되고, 스물한 살에 구직을 위한 음악 여행을 떠나게 됩니다. 이때 아버지 레오폴트는 세상 물정을 잘 모르는 아들을 감시할 겸 어머니와 동반할 것을 명합니다. 독일에서부터 시작된 이 여행은 이듬해 파리에 도착할 때까지 계속 이어집니다.

자신의 음악적 재능을 인정해주고, 자유롭게 작곡을 할 수 있도록 재정적인 후원을 해줄 만한 곳을 찾으려던 모차르트의 노력은 번번이 실패로 끝나고 맙니다. 15년 전, 신동으로 이곳을 찾았을 때와 달리, 파리에게 모차르트는 성공을 추구하는 많은 사람 가운데 하나였을 뿐, 더 이상 신기한 존재가 아니었던 거지요. 결국 그해 7월, 고향에서부터 아들을 따라나섰던 어머니는 싸구려 여관에서 비참하게 죽음을 맞이하게 됩니다. 치밀하고 엄격했던 아버지에 비해 따뜻하고 유머감각이 많았던 어머니의 비참한 죽음은 모차르트에게 엄청난 고통을 가져다주었습니다. 이 곡은 어머니의 죽음 직후에 쓴 작품입니다.

악장

문이 열리면 단조 곡의 선율을 타고 은행잎들이 허공에서 춤추며 사라져 갑니다. 흩어져가는 육신을 애도하듯 바이올린이 울고, 사멸의 언저리를 두드리듯 피아노 건반이 몸을 부딪칩니다.

은행잎들이 후드득 떨어져 내릴 때 바이올린 활도 끙끙거리며 함께 몸을 뒤챕니다. 이따금 바이올린과 피아노가 길고 우아하게 선율을 뽑아 올릴 때면, 바람을 타고 가볍게 날리는 나뭇잎들인 듯 잠시 가벼워지기도 하지만……. 결국 흙더미로 돌아갈 수밖에 없다는 듯 선율은 낙하로, 낙하로 거듭 되돌아오지요.

다시 눈을 떠 볼까요. 한때 그리도 짙푸르게 하늘로 향하던 은행잎들인데, 얼마 전까지도 설레도록 노랗게 피어나던 은행잎들이었는데, 이제 아주 작은 바람의 움직임에도 이렇게 앞다투어 뛰어내리네요. 저 나뭇잎 한 장에 새겨진 사멸의 사연이 인간의 그것과 다르지 않음을 통고하듯, 바이올린과 피아노가 그렇게 음들을 실어 나릅니다.

비참하게 숨을 거둔 어머니를 향한 작곡가의 애통을 실은 곡, 화라락 화라락 쏟아져 내리는 나뭇잎들 한 장 한 장에 통곡을 감춘 곡, 듣고 있노라면 무겁고 긴 운명이 저벅저벅 걸어오는 것만 같은 곡입니다.

2

악장

1악장이 가을이라면 2악장은 겨울을 떠올리면서 들어 보세요. 차갑게 방울져 내리는 것 같은 피아노의 음과 바람처럼 흐느끼는 바이올린 소리를 따라 얼음이 깔린 호수를 한번 떠올려 보세요.
얼음 호수 위로 눈발이 날아 내립니다. 눈발처럼 슬픔이 차갑게 방울져 가슴 위로 내리고 있습니다. 둥글게, 둥글게 흩뿌리는 피아노의 처연한 소리는 가슴 위로 떨어져 내리는 슬픔인 것만 같지요.
그 피아노 소리들 뒤로 바이올린이 추위에 떨며 어딘가로 걸어갑니다. ♪25초
보퉁이 끌어안은 여자가 강바람 찬 나룻배에 앉아 급히 강을 건너고 있어요. 얼굴을 감싸고 있는 명주 수건도 오소소 소름 돋는 여자의 얼굴을 다 가려주지 못하네요. 급작스런 어머니 부음을 듣고 황황히 친정 길에 오른 걸까요, 더 이상 만나서는 안 될 정인을 잊으려 고향을 버리고 떠나는 길일까요.
바이올린과 피아노는 그렇게 지금 인생의 춥고 깊은 골짜기를 더듬어 내립니다.
애끓게 사무치는 통곡을 감싸는, 올 굵은 굴건제복처럼 절제되어 있으면서도 처연하게 울려 나오는 피아노와 바이올린 소리는, 인간이 살면서 만나는

모든 상실과 이별 앞에 바치는 조사弔詞인 것만 같습니다. 끝내는 무無로 돌아가 버릴 우리 모두에게 바치는 안타까운 연시 같습니다.
모차르트가 어머니와 인간 존재에게 바친, 음으로 쓴 조시弔詩가 잘 다가오지 않는다면 이 곡을 들으면서 다음 시를 한 번 읽어보시지요. 안타까이 죽은 누이를 부르는 화자의 목소리가 이 곡의 선율 위로 자연스럽게 얹힐 것입니다.

산문山門에 기대어

송수권

누이야

가을산 그리메에 빠진 눈썹 두어 낱을

지금도 살아서 보는가

정정淨淨한 눈물 돌로 눌러 죽이고

그 눈물 끝을 따라가면

즈믄 밤의 강이 일어서던 것을

그 강물 깊이깊이 가라앉은 고뇌의 말씀들

돌로 살아서 반짝여 오던 것을

더러는 물속에서 튀는 물고기같이

살아오던 것을

그리고 산다화 한 가지 꺾어 스스럼없이

건네이던 것을

누이야 지금도 살아서 보는가

가을산 그리메에 빠져 떠돌던, 그 눈썹 두어 낱을 기러기가

Wolfgang Amadeus Mozart
모차르트 오마주
모차르트의 선율, 시와 그림을 만나다

강물에 부리고 가는 것을

내 한 잔은 마시고 한 잔은 비워 두고

더러는 잎새에 살아서 튀는 물방울같이

그렇게 만나는 것을

누이야 아는가

가을산 그리메에 빠져 떠돌던

눈썹 두어 낱이

지금 이 못물 속에 비쳐 옴을

모딜리아니 그림을 보며 음악을 듣는다면 ③

현에 얹은 여인의 초상(肖像)
바이올린 소나타 32번 B플랫 장조 K.454

모차르트의 초기 바이올린 소나타들은 바이올린을 동반한 피아노 소나타란 인상을 줄 정도로 피아노의 역할이 두드러집니다. 이것은 그 시대의 관습이기도 했습니다. 바이올린은 귀족들의 피아노 교습을 위해 음악가들이 반주를 넣어주는 정도의 용도로만 작곡되곤 했거든요.
바이올린이 소나타를 이끌어가는 중심이고 피아노가 보조의 역할을 하는 진정한 바이올린 소나타는 19세기 낭만주의 시대에 들어서야 본격적으로 작곡되는데, 모차르트는 시대를 앞서서 피아노와 대등한 위치에 바이올린을 두고 작곡하기 시작한 것이지요. 이 곡은 그러한 선구적인 시도가 체계화된 곡입니다.
여성적인 느낌을 많이 주는 이 곡을 들으면서 현으로 그린 한 여인의 초상화를 떠올려 봤습니다. 조금씩 색깔이 다른 1, 2, 3악장을 반복해서 들으면서 당신도 상상 속의 한 여인이 춤추고, 숨 쉬고, 걷는 모습을 상상해 보시지요. 표정은 어떨까, 사연은 무엇일까, 그 여인은 모차르트의 연인일 수도 있고 예술작품의 주인공일 수도 있고 당신이 사랑하는 여인일 수도 있을 것입니다.

1 악장

바이올린이 마치 배우를 불러내는 것처럼 전주를 깔아 놓으면, 피아노가 따라 들어오며 해맑게 음들을 떨어뜨려 놓습니다. 같은 선율 뒤로 이번에는 바이올린이 가볍게 떨며 공기를 흔들어 놓지요. 잔잔하게 울리며 흐르는 피아노를 따라 바이올린이 바람에 하늘거리는 옷자락처럼 부드럽게 퍼지며 소리 냅니다.

조금씩 짙어지는 바이올린의 말을 들으면서도 피아노는 해맑게 흐르다 잠시 멈추더니 ♪1분 27초두 악기는 화려하고 빠른 선율로 함께 춤추듯 돌아갑니다. 햇빛 튕기는 여름날 개울물 속 물고기처럼 손가락이 건반 위를 싱싱하게 헤엄치고, 활이 현 위를 현란하게 오르내리며 다양한 감정을 드러냅니다. 때로는 가볍고 때로는 서글프고, 때로는 유희하듯이 피아노와 음을 밀었다 당겼다 하면서 바이올린은 제 소리 속에 푹 빠져듭니다.

2 악장

쓰라림을 품고 있으면서도 쉽사리 기품을 잃지 않는 이 악장을 들으면서 저는 모딜리아니의 〈젊은 여인(빅토리아)〉을 떠올렸습니다. 분명 비사실적으로 목이 긴데도 어색하다는 느낌을 주기는커녕 그 기다란 목선이 큰 울림을 뿜는 그림이지요. 한 번 보면 잘 잊히지 않는 그 여인이 만약 피아노나 바이올린을 연주한다면 이런 곡을 연주하지 않을까, 당신도 이 곡을 들으며 모딜리아니의 그림 〈젊은 여인〉을 한 번 떠올려 보시지요.

붉은색 어두운 벽지를 배경으로 여인이 앉아 있습니다.
♪1분 20초마음을 앓다 지친 듯 먼 데를 바라보는 눈 속에 슬픔이 떠돌고, 가냘픈 어깨의 선이 외딴 섬에 저만치 피어난 꽃처럼 고독합니다. 슬픔의 활이 마음속 현을 지그시 파고들면 소리는, 하마 지워질 듯 가냘픈 선으로 아름다운 여인의 슬픔, 가슴 속 쓰라린 덩어리를 손에 잡힐 듯 그려냅니다. 쓰라린 바이올린 위로 그네의 눈에 도는 눈물처럼 피아노가 맑게 떠돌지요.
이편을 바라보는 커다란 눈동자나 붉게 다문 자그만 입술이 손을 뻗어 얼굴을 쓸어주고 싶게 하지만 세상으로부터 두세 걸음쯤 물러난 사람인 듯 가늘고 긴 목에서 울리는 슬픔은 쉽사리 범접을 허락하지 않습니다.

이따금, 토해내는 듯 커지다가도 이내 잦아들며 한없이 가늘게 파고드는 이 곡의 매무새 또한 그녀와 나, 나와 나 사이의 거리인 듯 닿을 듯하나 따스한 포옹을 이루지는 못하고……. 그 멀지 않은 거리가 별과 별 사이의 무한 공간만큼 고독합니다.

아메데오 모딜리아니, 〈젊은 여인(빅토리아)〉, 1917년경

먼 데를 바라보는 여인의 눈 속에 슬픔이 떠돌고 있다. 가냘픈 어깨의 선이 저만치 피어 있는 꽃처럼 고독하다. 여성적인 느낌이 많이 드는 세 악장의 이 소나타를 들으며 떠올려본 여인이다.

3

악장

쓰라린 선율을 거두고 이제 바이올린과 피아노가 다시 행복하게 만나 경쾌한 춤을 춥니다. 발그레하게 기쁨으로 빛나는 얼굴, 살짝 가쁜 숨결, 경쾌한 발놀림이 떠오릅니다. 고양이처럼 가볍고, 종다리처럼 발랄하며, 산들바람처럼 경쾌하지요.

잠시 숨을 고르듯, 짐짓 토라진 연인들인 듯 잠깐씩 멈칫거리다가도 다시 서로 팔을 끌어당기며 마주 보고 웃는 장난꾸러기들처럼 경쾌한 춤 속으로 이내 함께 들어갑니다.

부드러운 봄을 ④ 느끼고 싶을 때

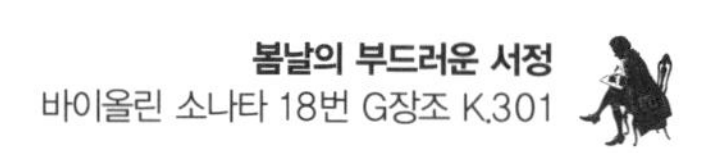

봄날의 부드러운 서정
바이올린 소나타 18번 G장조 K.301

두 악장으로 이루어진 이 소나타는 1악장과 대비되는 2악장으로 곡을 완성한다는 생각을 하고 작곡한 곡이라고 합니다. 300번 대의 작품들은 모차르트의 바이올린 소나타 중에서도 중기작에 해당하는 것으로 바이올린이 피아노의 반주자로 머무르지 않고 이 시기부터 서서히 동등한 역할을 부여받기 시작합니다. 이제까지 맡아왔던 단순 반주 역할에서 바이올린을 해방한 것이지요. 모차르트가 이렇게 시대를 앞서서 개척해 낸 진정한 의미의 바이올린 소나타는 모차르트 사후, 19세기 초반을 넘어서야 다시 피어나게 된다고 음악사가들은 말합니다.
서정적이면서 유연한 가락이 넘실거리는 1악장과 변화가 많은 춤곡이 연상되는 2악장. 그 두 악장에서 선율을 주도하는 바이올린에 집중하며 들어보시지요. 물가에 늘어진 버드나무 가지같이 나긋하고 유연하며 멋스러운 리듬이 곡 안으로 흐르고 있다는 걸 느낄 수 있다면 이 곡을 아주 좋아하게 될 것입니다.

1

악장

우선 첫 선율을 가만히 따라가 보시지요. 바람이 흐르듯 유연하게 흐른다고 느껴지지 않으시나요? 그 느낌을 조금 더 섬세하게 따라간다면, 연둣빛 새잎이 돋아 부드럽게 늘어진 버드나무 가지들 사이로 바람이 흐르는 걸 떠올릴 수도 있습니다. 첫 선율은 바로 그런 바람처럼 멋스러우면서도 유연하게 흐르고 있습니다.

♪14초바이올린이 잠시 키를 한껏 올렸다가 멈추면 피아노가 바이올린의 첫 선율을 그대로 받고, 이제 소리는 피아노에 의해 더욱 또렷해지고 생동감 있게 살아납니다. 버드나무 잎사귀들이 춤추듯 흔들리는 게 음 사이로 보일 듯합니다. 촉촉하면서 서정적인 소리지요.

피아노가 은쟁반 위에 구슬을 굴리듯 소리를 맑게 굴리는 동안 바이올린이 짧게 응응대다가 활을 길게 늘이면서 비단을 짜듯 공간을 만들면, 그 위로 다시 소리의 구슬이 구릅니다. ♪50초촉촉하고 서정적이다가 화려하고 생기 있는 선율로 출렁거리고 다시 장난스레 멈추기도 하고, 그러다 도입부의 선율로 되돌아가지요. ♪2분 20초맑은 피아노의 선율 위로 바이올린이 그렇게 다양한 표정으로 얹힙니다.

2 악장

시작은 가볍게 왈츠풍으로 흐릅니다. ♪30초 따라란딴딴 딴단 하고 매력적인 꾸밈음이 나오는 순간은 젊고 건강한 여인의 발간 얼굴같이 매력적입니다. 그렇게 느끼는 순간 르누아르 그림 〈부기발에서의 춤〉에 나오는 모자 쓴 여인이 떠오릅니다. 살짝 시선을 내리깔고 있으면서도 화면 이쪽을 의식하며 지금 막 휘돌아가며 춤추고 있는 여인 말이지요. 이 곡에서는 그렇게 밝고 화사하고 아기자기한 행복이 춤추는 듯한 선율을 따라 퍼져 나옵니다.

몇 번을 그렇게 춤추며 돌아가던 곡이 중반부에 이르러 ♪2분 18초 분위기가 크게 바뀝니다. 호소하는 듯, 달빛 흐르는 창 앞에서 누구를 불러내기라도 하는 듯, 그리워하는 바이올린을 따라 피아노도 가만히 숨어서 둥그렇게 퍼져가는 소리의 파문을 그려 넣습니다.

♪3분 50초 하지만 한낮의 밝고 화사하던 춤, 따스한 행복이 못내 아쉬운 걸까 가만히 숨어 자그맣게 흐르던 피아노가 앞으로 나오면 곡이 처음으로 돌아갑니다.

♪5분 그렇게 한참 다정한 춤을 다시 추다가 짐짓 심각한 대화를 여운처럼 주고받으며 끝을 맺습니다.

오귀스트 르누아르, 〈부기발에서의 춤〉, 1883

한 쌍의 연인이 아름답게 춤추고 있다. 남자는 여인이 사랑스러워 시선을 떼지 못하고, 여자는 수줍은지 살짝 시선을 내리면서도 행복을 감추지 못한다. 두 연인의 율동과 아기자기한 행복이 화면과 이 소나타의 선율을 타고, 우리에게까지 생생하게 전해질 것 같다.

차마 표현하지 못하는 5 열정을 위로받고 싶을 때

音과 陰 사이 공간 속에 숨어든 그리움
바이올린 소나타 19번 E플랫 장조 K.302

이 곡은 2악장이 참 좋아서 반복해서 듣다가 곡 전체를 알고 싶어 1악장까지도 나중에 듣게 된 곡입니다. 처음에 클래식 음악과 친해질 때는 마음에 다가오는 악장부터 골라 듣는 것도 좋은 방법입니다. 마음속의 어떤 감정이나 생각에 특별히 공명해 오는 악상을 가진 곡이 있게 마련이거든요. 그런 곡을 반복해서 듣다 보면 소리와 감정을 연결하는 나만의 다리가 지어지고, 튼튼해집니다. 그러다 보면 어느 순간 때로는 음音이 사람보다 더 사람을 섬세하게 이해해주는구나 하는 순간이 다가온답니다. 이런 경험은 특히, 분명하게 이름 짓기 어려울 정도로 모호한 감정이나 생각이 많을수록 더 뚜렷하게 겪게 되는 것 같습니다. 이름 짓기 어렵다는 것은, 언어화하지 못한다는 것이고 언어화되지 않은 건 소통되기 어려우니까요. 그런 감정일수록 언어보다, 그리고 언어를 통해 소통하는 인간보다, 소리를 통해 더 잘 위로가 되거든요. 바로 자신 안에 웅크리고 있던 추상이 예술의 추상과 통하는 순간입니다.

1 악장

1악장은 무언가를 열어젖히듯 갑작스럽게 시작됩니다. 그 강하고 율동적인 소리에 옷자락을 펄럭이며 누군가 등장하는 것이 연상됩니다.
장막을 경쾌하게 젖히며 아름다운 여인 하나가 나타나 단번에 무대 위를 장악하고 있습니다. 바이올린이 피아노를 무대 위로 끌어올리며, 유희하듯 경쾌한 발놀림으로 휘돌아갑니다. 몇 개의 옥타브를 자유자재로 오르내리는 가수처럼 자신의 열정과 활력을 마음껏 드러내지요. ♪40초그러는 사이사이 햇살 화사한 마당가에 언뜻언뜻 비치는 그림자처럼 근심이 비치지만, ♪1분그곳에는 머물지 않겠다는 듯 경쾌한 발놀림을 계속합니다.
♪2분 45초잠시 숨을 고르더니, 잠깐씩 밀고 들어오던 그늘을 바이올린도 더 이상 떨치지 못하고 심각해집니다. 여름날 삽시간에 어두워지는 사위처럼 모여드는 근심들. 존재의 불안처럼 바이올린 현이 팽팽하게 긴장합니다. 하지만 ♪3분 33초끝내 떨쳐 버리고 예전의 춤으로 돌아가네요.
마무리 부분은 앞서 잠깐씩 보여주었던 불안이 여운처럼 남으며 끝납니다. 무대 위 여인에게 숨겨진 그늘을 엿본 마음인 듯 남은 무거움이 2악장으로 어떻게 이어지는지 따라가 보지요.

2

악장

피아노가 부드럽고 다정하게 내립니다. 마치 목마른 잎사귀를 어루만져주듯 부드럽게 내리시는 빗줄기처럼. 마침 이 악장의 나타냄말도 'Andante grazioso, 걷는 빠르기로 부드럽고 상냥하게' 입니다.
피아노가 펼쳐주는 그 부드러운 공간으로 바이올린이 숨어들듯 조용히 파고듭니다♪18초. 가을이 숨어든 늦여름 길목, 뜰에 내려선 어느 이의 마음처럼 허전하기 그지없이, 그러면서 은은하게 울립니다. 왜 그러느냐 물어주며 연잎 위로 듣는 빗방울처럼 피아노가 또록또록 떨어지고♪1분 17초, 이제 바이올린이 한층 짙어집니다. 울컥울컥 가슴에 배어드는 쓸쓸함을 바람 앞에 걸어놓듯 그렇게 바이올린이 곡진해집니다. 강가를 달리는 바람처럼 피아노가 잠시 경쾌해지고♪2분 20초 바이올린도 잠시 따라 달려봅니다.
하지만……. ♪3분이내 비 내리는 뜰로 되돌아서네요. 그렇게 저 혼자만의 방앞에서 거듭 흔들리고 주저하는 바이올린의 마음을 피아노가 받쳐주며 함께 흐르자고, 곁에 앉혀주며 보듬는 곡입니다.
늦여름 바이올린의 뜰 안으로 비밀스럽게 열렸던 문이 그렇게 가만히 닫히는 동안, 당신의 마음속에 아무도 모르게 숨겨두었던 열정도 가만히 보듬어주는 곡입니다.

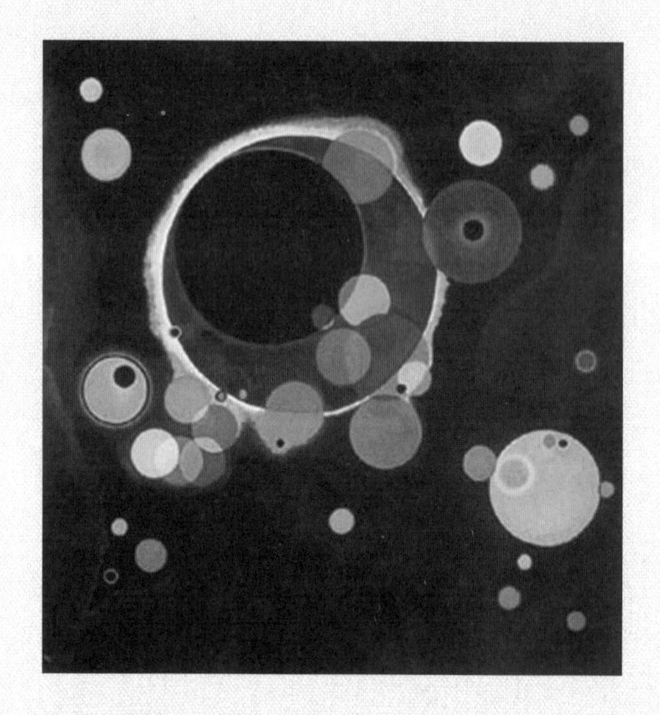

바실리 칸딘스키, 〈원〉, 1926

검은 공간 위로 눈동자처럼, 빗방울처럼, 자궁처럼 크고 작은 원들이 나타난다. 겹쳐지고 포개지면서 서로를 끌어당긴다. 이야기를 나누는 것 같고, 무게 없이 함께 떠다니는 것 같다. 또록또록 둥글게 울려나오는 피아노를 닮은 그림이다. 피아노의 품에 안기듯이 그림의 품에 안겨 마음을 털어놓으라 바이올린더러 말해 주고 싶은 그림이다.

6 봄가을에 계절을 충분히 느끼고 싶을 때

봄의 얼굴 가을의 숨결
바이올린 소나타 22번 A장조 K.305

음악을 들을 때 어떤 한 악장을 좋아하는 건 그리 어렵지 않은데 곡 전체를 듣고 이해하기란 쉽지는 않습니다. 아주 좋아하는 악장을 만나게 되면 그 곡의 나머지 악장도 들어보고 싶어지고, 이 곡 안에서 이 악장은 어떤 의미일까 연결해 보고 싶어지는데 그게 어렵지요.

시는 한 연만으로는 그 의미가 이해되지 않고 전체가 모여야만 온전히 파악되는데, 음악은 왜 전체의 모습을 파악하는 게 더 어려울까요? 음악은 언어보다는 훨씬 추상적인 '음'으로 지어진 예술이니까, 또 시와 달리 음악은 악장 하나로도 완결된 구조를 지향하기 때문에 악장에서 곡 전체로 이해를 넓히는 게 쉽지 않은 것 같습니다.

그래도 좋아하는 사람에게 데이트를 신청하듯이 꾸준히 다가가면 곡이 서서히 이야기를 들려주는 순간이 있습니다. 그런 순간은 음과 나, 작곡가와 나가 만나는 경이로운 순간입니다.

두 악장으로 된 이 곡은 한 곡 안에 들어있지만 느낌이 많이 대조적입니다. 1악장은 빠르고 생기가 넘치고, 2악장은 느리고 애잔합니다. 전혀 다른 두 분위기의 악장이 어떻게 한 곡으로 묶일 수 있을까 생각하며 소리를 따라가 볼까요?

악장

출렁거리는 바이올린과 겅중겅중 뛰어다니는 피아노가 생기 넘칩니다.

봄을 맞아 깨어나는 생명의 약동처럼 생기에 넘칩니다. 웅크린 생명들을 톡톡 건드려 깨우는 빗방울인 듯 피아노가 톡톡톡 수직으로 내리고, 바이올린이 시원스레 솟아오르며 도약의 충동을 노래하지요. 던지고 받고 두 악기가 행복하게 부풀어 오르며 가슴 속에서 솟는 생명의 충동, 생명의 소망을 표현하는 것 같습니다.

봄날에 웃음 터뜨리듯 꽃망울 터뜨리는 작고 예쁜 벚꽃, 단단한 가지를 밀고 올라와 가늘게 흔들리는 매화, 하늘을 향해 천 개의 등불 피워 올리려 부드러운 봄바람에 얼굴 씻은 목련 속에 깃들어 지금 한껏 부푼 소망이 두 악기에 깃들어 있습니다.

바이올린이 저음을 낼 때는 나무의 더운 사랑이 떠오릅니다. 뿌리로 흙을 꽉 움켜쥐고 위로만, 위로만 물을 밀어 올려 새순을 틔우고 꽃망울 터뜨리는 나무의 사랑처럼 깊숙합니다.

2 악장

누군가의 가슴을 살며시 두드리듯 피아노가 문을 두드리면 바이올린이 가만히 나옵니다. 가을 햇빛처럼 투명한 피아노의 소리와 그 빛 타고 우리 마음 깊숙한 자리까지 단번에 와 닿는 바이올린의 떨림.
아무의 방해도 받지 않고 음악에만 집중할 수 있는 곳에서 이 곡을 들을 때면 맑은 가을 하늘이 떠오릅니다. 그 삽상한 공기와 마음을 찌르고 들어오는 말간 햇빛, 그리고 가을 하늘 아래 엄마 찾는 어린아이처럼 뜬금없이 슬퍼지는 여린 마음까지도 떠오릅니다.
두 악기가 주고받는 투명한 언어들에 이끌려 우리 가슴 깊은 곳에 숨겨진 미묘한 흐느낌이 그렇게 떨리며 나옵니다. 어떤 슬픔, 어떤 흐느낌일까, 당신은 인생의 어느 순간에 설명하기 어려운 슬픔을 느끼시나요?
너무나 완전하고 아름답지만 이내 스러져 가는 것들……. 바람에 몸을 떠는 은행나무 이파리들의 눈짓이나 지상에 내린 별만 같은 자그만 단풍잎들의 날아 내림, 가녀린 목 위에 행성을 하나씩 이고서 저희에게 눈 맞추는 사람의 가슴 속으로 와아 하며 뛰어드는 코스모스, 아스팔트 위에 사람들의 어깨 위에 말라가는 풀 위에 골고루 내려앉는 쓸쓸한 가을 빛살들까지. 그리고 그것들의 이야기를 유리그릇같이 그만 깨어질 듯한 가슴으로 듣는 가을 속의 자신과, 살면서 끝내 떨치기 어려운 짙은 외로움까지, 이 애잔한 곡을 타고 한 오라기 한 오라기 풀려 나옵니다.

통곡이라도 권하려는가 문득 곡이 무거워지며 잠시 심각해지지만♪5분 20초 폭우는 거친 여름의 일이라는 듯 바이올린과 피아노가 서로를 쓸어내리며 조심스럽게 사색 어린 가을빛으로 되돌아가고♪6분 이렇게 곡의 후반부에 표현된 두 개의 계절이 서로 몇 번을 갈등하다 끝이 납니다.

이 곡에 표현된 저릿저릿한 슬픔이 모티브인 시를 한 편 보여드릴게요. 곡의 나머지 부분에 실어 소리 내어 읊조려 보시지요.

반딧불이에게

문 태 준

내 어릴 적 처마 밑에는 아슬아슬한 빛들이 있어

누에의 눈 같기만 했던 빛들이 있어

빛보다 그림자로 더 오래 살아온 것들이 내 눈 속에 붐벼

나는 오늘 밤 그 가난한 가슴들에게로 가는 것인가

저릿저릿한 빛들에게로 가는 것인가

사랑의 기쁨 사랑의 아픔을 모두 느끼고 있을 때 ⑦

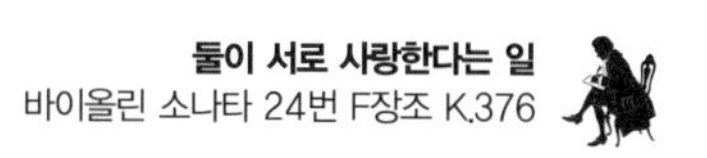

우연히 들은 음악이 마음에 들었을 때, 그 음악이 모차르트의 곡이라는 것까지는 알겠는데 곡 이름 뒤에 한참 붙어서 나오는 숫자들이 뭔지 도통 부르기도 어렵고, 기억하기도 어렵다 생각하신 적 있으신지요? 이름을 알아야 다음에도 또 찾아서 들을 텐데 말이지요. 모르면 그 숫자들은 기호처럼 느껴지지만, 알고 나면 간단합니다.

일단 곡명 맨 뒤에 나오는 K.○○○부터 알아보겠습니다. 이 'K.'는 쾨헬 번호를 말하는데 루트비히 폰 쾨헬(1800~1877)의 이름에서 딴 약자랍니다. 그는 평생 모차르트의 작품을 수집하고 정리하는 데 정열을 기울인 사람인데, 모차르트의 모든 음악 작품을 작곡 연대순으로 정리하여 1862년에 550여 쪽의 책으로 발표했습니다. 그가 발표한 목록은 지금까지 여러 번 개정되었지만 그때부터 지금까지 모차르트 작품을 간단히 지칭하는 번호가 되고 있지요.

1

악장

딴, 딴, 딴, 세 번의 스타카토가 멋지게 눈길을 잡아끕니다. 이제 피아노가 싱싱하게 구르네요. 연잎에 듣는 빗방울같이 싱싱합니다.

바이올린은 어떻게 들리나요? 물을 차고 오르는 새같이 시원스레 날아오릅니다. 두 악기가 소리를 상쾌하게 주고받는 모습이 연인들이 만나 토닥토닥 장난치는 모습처럼 들립니다. 사랑스럽고 경쾌하며 밝고 가볍지요.

첫 부분 스타카토가 한 번 더 들리면♪1분 20초 도입부의 싱싱함으로 한 번 더 되돌아갑니다. 달아오른 대지를 식히며 쏴아아 몰려오는 빗줄기를 상상해 보시지요. 유리알처럼 반짝이는 물속으로 뛰어드는 날렵한 수영 선수도 떠올려 보시고요.

그렇게 서로 행복하게 만나 기쁘게 사랑을 나누는 두 존재처럼 바이올린과 피아노가 소리를 주고받고 있습니다. 피아노와 바이올린은 연잎과 빗방울, 새와 물줄기, 물과 건강한 몸이 되어 눈을 바라보며 웃고, 재잘재잘 나직나직 이야기하고 장난치고 있습니다.

2
악장

이제 곡은 1악장과 전혀 다른 분위기의 이야기를 들려줍니다.
바이올린이 부드럽게 운을 떼고 피아노가 또록또록 물방울을 떨어뜨리듯 투명하게 들어옵니다. 부드러우면서 나직나직 소박합니다.
♪32초그러다 바이올린이 짙어지면서 조금 더 깊은 느낌의 주제 선율이 본격적으로 등장합니다.
바이올린이 호소하듯 흐느끼지요. 누군가를 그리워하는 듯 몹시 애달픈 선율. 붉은 울음인 듯 모가지째 뚝뚝 떨어지는 동백꽃처럼 서럽고 목련, 한껏 아름다움 뽐내며 하늘을 향해 하얗게 타오르다 이제는 몸을 비튼 채 부서져 내린 그 꽃처럼 쓰라립니다. 1악장의 사랑스러운 경쾌함을 떠올린다면, 눈부시게 빛났기에 지금은 더욱 쓰라린 사랑을 말하려는 것도 같아요.
계속 나직하게 바이올린의 마음 뒤에서 잔물결을 그리며 함께 흔들리던 피아노가 페달을 밟아 진동이 지속되도록 소리 냅니다. 그러면 곡은 상승의 느낌을 잠깐 갖습니다. ♪2분 50초부터 서서히바이올린이 가늘고 높게 떠올라 그리운 이에게로 날아가고 있습니다.
하늘과 땅이 맞닿는 순간인 듯 빗물처럼 와 닿던 사랑하는 사람의 입술, 그 섬세하고 촉촉한 기억을 더듬으며 이 곡을 감상해 보시지요.

파도에 기대어 '천근의 추를 달아 슬픔의 깊이를 재고 또 재는' 다음 시의 화자가 되어 이 곡을 들어보시지요.

해금海琴에 기대어

고두현

그리움 깊은 밤엔
해금을 듣습니다.
바다 먼 물소리에
천근의 추를 달아
끝없이 출렁이는 슬픔의 깊이
재고 또 잽니다.

유난히 풍랑 많고 한류 찬 물밑 길
상처에 소금 적시며 아득히 걸어온 그대
물살 센 한 생애가
이토록 쿵쾅이며
물굽이 쳐 아픕니다.

3 악장

2악장이 날아가 버린 자취 뒤로 피아노가 외줄기 선을 그리며 등장합니다. 반주를 절제한 소리가 풋풋하게 들립니다. 그 풋풋함을 받아 바이올린은 리드미컬하게 출렁이며 등장하네요. 거울 앞에서 몸단장하는 처녀처럼 풋풋한 설렘이 느껴집니다.

이제 피아노가 경쾌하게 뛰놀듯 춤추고, 바이올린은 파티에 불려 온 악사처럼 가볍습니다. ♪54초 그러다가도 금세 변덕을 부리며 날카롭게 맞서는 대목도 있네요. 피아노와 바이올린이 다투는 것처럼 팽팽하다 그것도 잠깐, 원래의 설렘과 경쾌함으로 돌아가곤 합니다.

울울한 마음을 어딘가에 풀어놓고 싶을 때 8

벌판에서 일렁이는 벼 포기처럼 쓸쓸하게 무겁게 그리고 부드럽게
바이올린 소나타 G장조 27번 K.379

다른 클래식 작품들이 보통 'op.(opus, 작품번호)'로 몇 번째 작품인가를 나타내는 데 비해 이 'K.'는 (작곡가 Scarlatti를 제외한다면)모차르트 작품에만 붙는 번호이기 때문에 모차르트 작품만의 독특한 마크가 되고도 있습니다.

쾨헬 번호를 알고 나면 이제 피아노 소나타니 교향곡이니 하는 음악의 장르 뒤에 붙는 번호가 보입니다. 그 번호는 말 그대로 이 곡이 그 장르의 음악 중에서 몇 번째로 작곡된 작품인지를 나타내는 번호입니다. 그러니까 지금 감상할 곡은 모차르트가 작곡한 바이올린 소나타 중에 스물일곱 번째로 작곡된 곡이고, 그의 전체 작품 중에서는 379번째 작품이라는 의미가 되겠지요.

모차르트의 작품을 접할 때 특히 쾨헬 번호는 유념해서 봐 두는 게 좋습니다. 비교적 초기작에 속하는지 후기작에 속하는지 완전한 말년작인지 등을 알 수 있으니까요. 대략 400번대 이후의 작품은 후기작으로 볼 수 있습니다. 그리고 모차르트의 작품은 작곡가로서의 모차르트의 다채로운 면모가 정점에서 발휘되고 있는 후기작부터 거꾸로 감상해 올라가는 것도 좋은 방법입니다.

악장

피아노가 먼저 나와 무대 위를 정돈합니다. 음을 고르며 바이올린을 기다리는 피아노가 그렇게 들립니다. 이 무대 위로 ♪32초바이올린이 나타납니다. 짙게 떠는 바이올린은 가슴 속에 차고 넘칠 듯 끓어오르는 열정을 도리어 미풍처럼 가는 한숨으로 뽑아 올리는군요.

♪1분 18초페달을 밟아 저음부를 오래 울리며 소리 내는 피아노는 이제 달빛을 흠씬 머금고 일렁거리는 강물처럼 깊고도 대담해져 갑니다. 그 일렁이는 달빛을 오선지 삼아 바이올린이 한 음씩 한 음씩 떨며 음표를 그려 넣고, 피아노 소리는 바이올린의 떨림 뒤로 파문처럼 둥그렇게 퍼져갑니다.

가둬놓을 수 없는 마음을 떨어트린다는 듯 건반을 강하게 두드리면♪3분 17초 한순간에 곡의 느낌이 달라집니다. 바이올린도 이제까지의 절제의 옷자락을 벗어던지고 감정을 발산하지요. 나는 너를 만나러 이곳에 왔다고, 만나지 못할 모든 장벽을 밀어젖히고 이곳에 왔다고, 누군가를 불러내듯 들리는 악기들이 그렇게 격정적으로 이야기합니다.

2
악장

1악장의 폭발을 뒤로하고 이제 바이올린과 피아노가 함께 부드럽게 흐릅니다.

평화로운 들판에 바람이 일렁이듯, 그 바람에 벼 포기가 넘실거리듯 부드럽게 일렁입니다. 바람이 잠깐씩 거세진 듯 피아노가 잠시 커지기도 하고, 먼데서부터 이리로 바람이 불어오는 것처럼 피아노가 높은음으로 흐르다 낮은음으로 내려앉아 일렁이기도 합니다.

이제 바이올린이 앞으로 나옵니다♪2분 10초. 피아노에 닿았다가 다시 저 혼자 경쾌한 공중으로 날아오르곤 합니다. 아까의 들판을 계속 떠올린다면 벼 포기 위로 내려앉았다 날아가기를 반복하는 새들을 떠올릴 수 있을 것 같습니다.

바람과 새 떼가 다투듯 긴장과 갈등이 나타나는 곳도 있습니다♪4분 26초. 이럴 때는 피아노와 바이올린 모두 어두운 그림자를 그리며 커져요. 하지만 이 곡에 담긴 만남과 속삭임, 갈등은 모두 푸근할 정도로 널따란 벌판 안에서인 듯 1악장처럼 격정적이지 않고 낭만적입니다.

♪5분 34초손가락으로 바이올린 현을 뜯는 소리가 나옵니다. 똑똑똑 뜯기는 소리가 마치 늦여름 들판에 저 혼자 떨궈진 햇살처럼 천연스럽게 이편을 바라

보네요. 그 소리 뒤로 피아노가 어두운 배경음을 넣을 때는♪6분 40초 바람이 구름을 불어 햇살을 가려 버리고 그림자를 보내는 것 같습니다. 하지만 그 어둠도 역시 못 배길 만한 격랑이 아니고 잠시 그림자가 드리워진 넓은 벌판을 멀리서 보는 듯 부드럽고 목가적입니다.

♪7분 55초마지막으로 두 악기가 맨 처음의 소리로 돌아가 바람에 일렁이는 벼포기처럼 부드럽게 포옹합니다. 이 목가, 울울했던 가슴에 배달된 이 평화롭고 부드러운 '만짐' 에 어울리는 시를 한 편 띄웁니다.

수묵水墨 정원9
— 번짐

장석남

번짐,

목련꽃은 번져 사라지고

여름이 되고

너는 내게로

번져 어느덧 내가 되고

나는 다시 네게로 번진다

번짐,

번져야 살지

꽃은 번져 열매가 되고

여름은 번져 가을이 된다

번짐,

음악은 번져 그림이 되고

삶은 번져 죽음이 된다

죽음은 그러므로 번져서

이 삶을 다 환히 밝힌다

또 한 번—저녁은 번져 밤이 된다

번짐,

번져야 사랑이지

산기슭의 오두막 한 채 번져서

봄 나비 한 마리 날아온다

투명한 가을의 대기에 눈 주고 있을 때 ⑨

가을, 땅거미 내리는 시간
바이올린 소나타 41번 E플랫 장조 K.481

이 곡을 들으면 빛의 입자가 눈앞에 그려집니다. 각각의 악장이 표현하는 빛의 세기는 다르지만, 맑고 투명하여 더욱 두텃한 가을빛, 주위에 가득하여 오감으로 스며드는 그 가을빛이 떠오릅니다.

무엇 때문에 그런 이미지가 떠오를까 곰곰 생각하며 소리를 따라가면, 이 곡이 모차르트의 다른 바이올린 소나타에 비해 피아노 소리의 비중이 월등히 크다는 것을 느끼게 됩니다. 그리고 피아노에서 튕겨 나오는 음들이 대상을 만나 부서지는 빛의 느낌을 닮았다는 것도 느끼게 됩니다. 길게 이어지며 선을 그리는 바이올린 소리와 달리 또박또박 떨어뜨리듯 음을 만드는 피아노의 음색이 빛의 입자를 떠올리게 하는 거지요. 모차르트의 소리를 통해 새롭게 만나는 빛, 화사하고 무겁고 때로는 고혹적인 빛의 입자들에 오래오래 눈길 주어 보시지요.

악장

투명하고 건강한 피아노 소리를 따라 열정적인 바이올린의 대사가 들어옵니다. 피아노도 쿵쿵 저음을 두드리며 반주를 넣어요. 그러더니 바이올린이 시원스레 팔을 뻗어 길을 엽니다♪41초. 이제 열정적이고 거침없는 바이올린과 피아노의 합주가 한낮의 태양처럼 뻗어 내립니다. 사람들과 풀꽃들, 들판에 거리에 빛을 뿌리는 태양처럼 풍성합니다. 빛의 입자가 대기 중에 스미며 선으로 뻗어 가듯, 연이은 스타카토로 따복따복 끊기면서 빠르게 달려나가는 음들이 빛줄기처럼 뻗어 갑니다. 잠깐씩 쉬는가 싶어도 이내 정적의 가을 들판을 가르고 나아가는 빛처럼 가득히 뻗어 갑니다.

때론 물살 위에 산란하는 빛처럼 화사하고, 때론 동굴 속을 희미하게 뚫고 들어오는 빛처럼 무겁고, 때론 사랑스러운 여인의 솜털 위에 머문 빛처럼 고혹적인 이 소리들은 점과 선, 빛의 입자와 줄기를 동시에 떠올리게 합니다.

2 악장

아주 조심스럽게 걸어 들어오는 피아노 뒤를 따라 바이올린이 들어옵니다.

바이올린은 한결같이 나직나직한 피아노 뒤에서, 머뭇거리면서도 조금씩 커지고 짙어져 천천히 자신의 자리를 넓혀갑니다.

[illegible]이제 느리어 온통 주위를 잊고 바이올린이 제 빛깔을 온전히 드러냅니다. 이 짙은 바이올린 소리는 무엇을 이야기하고 있나요. 쓰라린 이 소리를 1악장의 빛과 연관 짓는다면 어떤 빛이 떠오를까요.

저기 멀리에 석양이 내리고 있습니다. 높은 하늘에 아직 남아 있는 푸르스름한 빛, 그러나 우리의 시선을 잡아끄는 것은, 이우는 해가 뿜어내는 붉은 기운입니다. 보랏빛 푸른빛이 감도는가 하면 귤빛 노랑 초록이 떠돌기도 합니다.

스러지기 전에 제가 가진 빛깔을 모두 모두어 빛은 지금 하늘 가득히 편지를 쓰고 있습니다. 텅 빈 하늘에 지금 이 순간 생생하게 쓰이는 빛의 편지를 온 가슴으로 읽는 우리는 이 바이올린에 기대어 마음 내리지요. 한 글자 한 글자, 한 자락 한 자락의 빛이 그대로 새겨져, 쓰라린 노래로 감겨옵니다. 모든 시간이 품은 끝, 모든 사랑이 품은 이별, 모든 도약이 품고 있는 추락, 모든 생명이 품은 죽음이 그렇게 이우는 태양을 따라 가슴 속으로 파고듭니다. 이윽고 빛은 완전히 꺼지고, 내리는 땅거미 속에 존재들은 그렇게 죽음을 경험하고 죽음을 연습하여 남아 있는 시간과 생명을 더욱 뜨겁게 끌어안습니다.

이우는 태양이 우리 인간에게 보내는 편지를 받아 적은 이 음악을 들으며 노을 지는 포구를 떠올려 보시지요. '꿈틀거리는 검은 펄 밭'을 따라 갯것을 캐는 아낙들의 등 너머로 내리는 어둠에 귀 기울여 보세요.

아르망 기요맹, 〈이브리의 일몰〉, 1873

멀리 석양이 내리고 있다. 높은 하늘에는 아직 푸르스름한 빛이 남아 있지만, 이우는 해가 뿜어내는 붉은 기운이 화면을 가득 메우고 우리의 시선을 잡아끈다. 자세히 보면 붉은 기운만이 아니라 보랏빛 푸른빛이 감도는가 하면 귤빛 노랑 초록이 떠돌기도 한다. 스러지기 전의 태양이 자신의 빛을 모두 모두어 하늘 가득히 적은 편지를, 화가가 색과 선으로 받아 적었다.

3 악장

곡이 한결 편안해지고 가벼워졌습니다. 어떤 빛을 떠올려 보셨나요?

경쾌하게 계단을 밟아 올라가는 빛의 치맛자락 같습니다.

지금은 태양이 정점에서 두서너 발짝 비껴난 오후 시간. 빛은 가볍게 숨을 몰아쉬며 한결 누그러지지요. 이글거리는 여름을 통과하고 물기를 털어버린 잎들이 바람 앞에 몸 흔드는 초가을이라면 더욱 더요.

피아노가 그 가을 강에 수를 놓듯 끝없이 일렁거리고, 바이올린은 물결에게 빛으로 짠 얇은 천을 덮어주며 눈웃음 보냅니다. 그렇게 가을 오후는 빛이 공간을 누비며 변주하는 음들로 가득합니다. 경쾌하고 사랑스럽게 또는 쓸쓸하고 애잔하게.

Wolfgang Amadeus
Mozart/
Symphony
Piano
Concerto
2

숨죽이다 폭발하는 소리의 행성들

모차르트의 교향곡, 피아노 협주곡

관악기, 현악기, 타악기가 모여 대규모로 합주하는 기악곡을 교향곡Symphony이라고 부릅니다. 보통 4악장으로 구성되는데 모차르트가 활동하던 고전파 시기에 그 형식이 완성되었습니다. 클래식하면 교향곡이 연상될 만큼 교향곡은 오늘날 모든 음악 형태 중에서 가장 중요한 위치를 차지하고 있습니다.

모차르트는 생전에 모두 마흔 개의 교향곡을 작곡했습니다. 머릿속에서 수십 개의 악기 소리를 동시에 떠올릴 수 있다는 건, 정말 대단한 능력이겠지요. 더구나 보통 한 작곡가가 일생 동안 많아야 교향곡 열 곡 정도도 작곡하기도 어렵다는 것과 비교한다면 서른다섯 해의 짧은 생을 살면서 교향곡을 40곡 작곡했다는 건 그 자체로 불가사의한 창조력의 증거라 생각됩니다.

모차르트의 교향곡은 표현의 성격과 깊이 면에서 일생 동안 꾸준히 발전을 거듭했습니다. 특히 36번 이후의 후기 교향곡들은 굉장히 고백적이면서 심오한 정서를 강렬한 형식에 담고 있습니다. 그래서 그의 교향곡은 마지막 작품부터 거꾸로 거슬러 올라가면서 감상하는 것이 좋습니다.

모차르트의 교향곡을 듣고 있으면 '아……. 이 소리는 절대의 세계, 영원의 세계에 우리를 데려다 주는구나.' 하는 생각이 절로 듭니다. 아름다운 정신의 힘으로 인간의 정서를 지극히 높고 귀한 것으로 정화시켜 주는 음악, 모차르트의 교향곡을 만나러 함께 떠나 볼까요?

좌절을 딛고 나아갈 용기를 얻고 싶을 때 ①

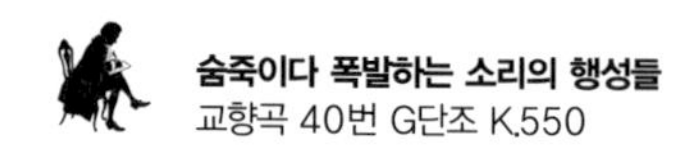

숨죽이다 폭발하는 소리의 행성들
교향곡 40번 G단조 K.550

이 곡은 1788년 7월, 모차르트 나이 서른두 살에 완성되었다고 전해집니다. 모차르트는 1781년 고향 잘츠부르크를 완전히 떠나 빈에서 안정적인 작곡가 자리를 얻었고, 음악적으로도 좋은 평가를 받았음에도 이 무렵부터 경제적으로는 점점 더 어려워집니다. 아내의 건강, 모차르트 자신의 도박벽, 두 부부의 낭비적인 성향 등이 원인으로 지적되곤 하지만 어느 하나도 아직까지 확실히 증명되지는 못했습니다.
모자란 생활비를 충당하기 위해 지인들에게 돈을 꾸는 절박한 생활이 이어지는 가운데에서도 모차르트는 1788년, 마지막 교향곡 세 곡 39번, 40번, 41번을 연달아 작곡해 냅니다.
청소년기에 작곡된 초기 교향곡들이 귀엽고 화려한 느낌에 머물고 있는데 비해 이 시기의 교향곡들은, 듣고 있으면 인간 심성의 가장 깊은 곳에서 울려 나온다는 느낌을 받습니다.
특히 이 곡은 운명이라 할 만큼 강렬하고 비극적인 느낌 아래에서도 굴복하지 않는 영혼을 표현하고 있어 이 시절 모차르트의 고통과 의지가 오롯이 전해지는 것 같습니다.

1

악장

숨을 고르듯 아주 작게 현악기들이 모여듭니다. 이어 지휘자가 손짓하면 마치 행성이 폭발하듯 모든 악기가 한꺼번에 소리를 터트립니다♪22초. 이 소리는 단번에 우리를 눈보라 휘몰아치는 광활한 설원 앞에 던져 놓습니다. 소리가 그렇게 장대한 드라마를 펼쳐 보이려는 듯이 들립니다.

♪36초이내 곡이 처음으로 돌아가 작은 소리를 반복하는 듯하지만 더 이상 주의 깊었던 예전의 상태가 아니라 그 안에 엄청난 정열과 불안을 가둬 두어 언제라도 다시 터져 오를, 거대한 에너지의 상태에 진입합니다.

아주 섬세하면서도, 팽팽히 긴장하여 오르내리는 현악기들 뒤에서 차례를 기다리고 있던 관악기들이 서서히 하나둘씩 소리의 대열에 뛰어듭니다. 그윽한 바순, 호로록 지저귀는 플루트, 먼 데 종소리처럼 들리는 호른이 긴장으로 가득한 이 곡에 잠깐씩 나긋함을 불어넣습니다.

고요와 솟구침, 주의 깊음과 폭발, 평화로운 나긋함과 예민하게 당기어진 불안, 달래는 듯한 속삭임과 신음까지. 그렇게 약弱과 강强이 번갈아 나타나는 가운데 그러나 곡 전체가 갖는 지배적인 분위기는 역시 엄청난 긴장과 에너지의 상태입니다.

끓어오르는 격정 속에 방황하는 젊은 영혼인 듯도 하고, 눈보라가 세차게 불어오는 설원을 가로질러 달리는 말인 것도 같습니다. 또, 발 하나 옮겨 디딜 곳 없는 절정에 서 있는 혁명가도 떠오르게 합니다.
온 존재를 내걸어 역사 앞에 자신을 팽팽히 당겨진 활로 쏘아버리려 한 시인에게, 삶과 세계는 아마도 이 곡 같은 느낌이 아니었을까요.

절정

이 육 사

매운 계절의 채찍에 갈겨

마침내 북방으로 휩쓸려오다.

하늘도 그만 지쳐 끝난 고원

서릿발 칼날진 그 위에 서다.

어데다 무릎을 꿇어야 하나

한 발 재겨 디딜 곳조차 없다.

이러매 눈감아 생각해 볼밖에

겨울은 강철로 된 무지갠가 보다.

2 악장

현악기가 나직이 흐릅니다. 멀리서 그윽하게 바순이 부르고, 대답하듯 바이올린의 나직한 선율이 다시 이어집니다. 클라리넷은 토독토독토독 지저귀지요.

그렇게 나직이 흐르는 선율 뒤에 숨어 있다 긴장하며 앞으로 잠깐씩 나오는 바이올린 소리도 있습니다♪1분 20초.

곡의 전체적인 느낌은 부드럽게 풀리어 흐르는 봄 강물이건만 군데군데 숨어 있는 얼음조각이 있다는 듯 이따금 날카롭고 차갑습니다. 이 교향곡 전체가 가진 묘한 불안과 긴장이 잠깐씩 공간을 타고 흘러드는 순간이지요.

중반에 이르고♪3분 35초 다시 후반으로 넘어갈수록 그 얼음조각 같은 예리함이 점점 자리를 넓혀 갑니다. 그것이 차라리 이 곡의 본질이었다는 듯 말입니다.

이따금 도입부의 나직하고 부드러운 선율로 돌아가곤 하지만 여전히 아무에게나 쉽사리 속내를 드러내고 싶어 하지 않는 예민한 젊음처럼 묘한 긴장과 불안을 끝내 홀로 감내하다 사라집니다. 이 젊은이에게 감춰진 불안은 어느 악장에 가서 고백될까요.

3

악장

빠르고 거칠게 당겨지는 바이올린과 진지하게 곡에 색깔과 멋을 더하는 첼로 그리고 더블베이스 이렇게 개성 있게 살아나는 현악기 각자의 소리에 집중해서 들어보면 좋을 악장입니다.

톡톡톡톡 함께 지저귀는 플루트, 아련하게 추억을 불어넣는 오보에, 그윽하게 받쳐주는 바순. 멀리서 들리는 종소리 같은 호른. 양 떼를 부르는 목동의 뿔피리 소리와도 같이 들리는 튜바의 소리. 관악기들 각자의 음색과 음상音想을 구분하며 들어보시지요.

그 모든 소리가 어우러져 어떤 기억과 서정을 불러내고 있나요.

경쾌하면서도 우수에 서려 있고, 자유로우면서도 자신 안에 울울하게 침잠하는, 우리 안의 방랑 시인을 불러내는 곡이라고 느껴집니다.

여행의 기억이 많이 들어있는, 그러면서도 착 가라앉아 사색에 잠긴 허만하 시인의 시집도 떠오릅니다. 안개의 도시 프라하에서 카를교 난간에 기대어 바라봤다는 허만하 시인의 강, 안개에 싸여 멀리멀리 흘러갔을 몰다우 강이 이런 느낌이 아니었을까 생각됩니다.

4 악장

바이올린이 숨죽이며 기다리고 있다가 재치 있게 소리를 밀었다 당깁니다. 굵게 툭툭 긁듯 들어오며 곡에 표정을 더하는 첼로와 더블베이스도 들어보시지요. 더블베이스만으로도 곡에 쿵쿵하는 비트를 넣으며 곡을 끊었다 이었다 마디를 만듭니다.

울울했던 가슴이 잠시 회복한 유머라도 된다는 것일까, 잠시 경쾌해질 듯하다 이내 강물처럼 몸을 뒤채며 무겁게 흐릅니다. 무슨 상념, 무슨 외로움, 무슨 꿈, 무슨 좌절이었을까요. 2악장에서 떠올렸던 젊은이를 다시 불러내 보지요.

허연 포말 내뱉으며 끝없이 밀려드는 파도 앞에서 비로소 마음을 내려놓습니다. 곁을 지켜 달라 말하고 싶은 벗 하나 없네요. 내리는 빗줄기에 몸을 내맡기고 하염없이 걷고 있습니다. 사람들이 오가지 않는 거리네요.

그렇게 현악기들이 소리를 부딪치며 몸살을 앓는 듯한 분위기입니다. ♪1분 15초다정한 클라리넷들이 들어와 속삭이듯 꿈을 불어넣지만 소용없지요.

♪2분 50초, 5분 26초잠시 바이올린들이 드높이 솟아올라 가벼이 흐를 때에는 결박 따위 잊어버리고 훨훨 날아오르는 자유의 영혼인 듯 아름답습니다. 클라리넷, 오보에, 바순도 제 시간을 만나 다시금 오케스트라를 불러내지요. 이

때만큼은 이 젊은이도 볼을 부드럽게 쓰다듬는 바람을 느끼며 햇살 환하게 내리비치는 오솔길을, 새들이 실어다 주는 생동에 충만하여 걷고 있습니다. ♪3분 18초, 5분 57초그러나 어느덧 그 꿈은 접히고, 끝없을 것 같은 상념, 외로움, 좌절 속으로 소리들은 되돌아가지요. 활짝 펼쳐지기를 원하는 우리들의 접힌 영혼이 벽에 부딪히지 않고 날아오르기란 이다지도 어렵다는 듯, 이러한 갈등과 초월의 모티브는 계속 반복됩니다.

슬프다고 주저앉아 있는 '나'에게

2

도도한 슬픔 피아노 협주곡
20번 D단조 K.466

이 곡처럼 피아노가 오케스트라의 협연을 받아 연주하도록 작곡된 곡을 피아노 협주곡Piano Concerto이라고 부릅니다.

모차르트의 피아노 협주곡은 거의 교향곡 상태에 진입한 곡이 많다고 평가를 받곤 합니다. 오케스트라의 합주가 단순하게 교대되는 것을 넘어서서 각각이 독립된 개체가 되어 대화하고 충돌하며 풍부한 이야기를 만들어나가기 때문에 그렇습니다.

특히나 이 곡은 1780년대 중반에 이르러 모차르트 음악에 나타나는 변화, 과감하고 때론 어둡기까지 한 내적 표현을 본격적으로 드러내 주는 곡이라 의미가 깊습니다. 1785년에 초연되었을 때 이 곡은 빈 청중들에게 냉담한 반응을 받았다고 합니다. 곡이 품고 있는 무거움과 내면적인 고뇌에 불편함을 느꼈던 것이지요. 그런 면에서 이 곡은 그의 진지하고 선구적인 음악이 동시대의 청중들에게 외면당하고, 앞으로 운명이 그에게 등을 돌리게 되리라는 것을 알리는 서곡과도 같은 곡입니다.

1
악장

비올라가 낮고 무겁게 깔립니다. 어두운 운명처럼 무겁게 곡을 연 비올라가 점점 세차게 휘어지며, 도도하게 운명을 응시합니다. 단조 곡의 음울함과 어두움이 그렇게 마음으로 흘러듭니다.
♪30초이윽고 팀파니가 두드리는 저음이 무거운 운명을 두 눈 똑바로 뜨고 바라봅니다. 오케스트라가 함께 슬픔에 저항하듯, 먹구름 떼를 이끌고 오는 바람처럼 비장한 음성으로 전진해옵니다. 플루트와 클라리넷이 앞으로 나와 폭풍을 잠시 잦아들게 해보지만, 오케스트라는 용납지 않으며 더욱 격렬하게 몰아칩니다.
♪2분 30초그러다 피아노의 독주가 등장합니다. 첫 독주 부분에서 피아노는 어떤 느낌의 소리를 내나요?
슬픈 음을 내지만, 한 음 한 음 새겨 넣듯 결코 여리지 않은 소리입니다. 조금 전에 오케스트라가 맡았던 소리를 지금 홀로 저음에서 고음으로 오가며 들려주는 피아노는, 바순과 클라리넷의 위로를 뿌리치면서 무거운 더블베이스, 첼로, 비올라들과 어깨를 나란히 한 채 "나는 운명을 슬퍼하지 않노라" 말합니다.
당신도 슬픔을 붙들지도 말고 거부하지도 말고 놓아두라고, 가슴을 밟고 지나가게 놓아두라고 듣는 이의 심장을 두드립니다. 이 소리는 슬픔의 등걸에서 피어난 얼음꽃인가요, 슬프면서도 당당합니다.

♪4분 오보에가 부드럽게 속삭이며 불러내면, 피아노는 예의 그 아름다우면서도 힘찬 태도로 홀로 건반 위를 화려하게 내달리다가 오케스트라를 불러냅니다. 현악기들의 활이 비 뿌리듯 너무나 아름답게 내리네요.

아름답지만 비장한 이 소리들은 듣는 이의 슬픔을 이 곡에 들어있는 슬픔과 견주어보게 합니다. 이 소리를 타고 흘러내리게 하여 마침내 피아노의 저음과 함께 저 바다 밑으로 가라앉힙니다. ♪7분 그리하여 바다 밑에 무겁게 침전되는 이것은 슬픔이자 희미한 희망, 그리고 지독한 아름다움입니다.

이 곡의 대담함과 심오함이 좋아 며칠이고 반복하여 들으면서, 무거운 운명 앞에서 느끼는 인간의 슬픔을 강렬하게 드러내는 곡이라 생각했습니다.

이룰 수 없지만 이루어야만 하는 것들, 혹은 간절하게 얻고 싶지만 구해서는 안 되는 것에 대한 열망과 충동이 가슴 깊숙한 곳에서 솟구쳐 올라 거칠게 내면을 두드리지만, 앞으로는 한 발짝도 나아갈 수 없는 상태를 표현하는 곡이라고요.

피하려야 피할 수 없는 우리 모두의 근원적 한계를 온몸으로 두드려 표현하고 있는 곡, 초연 당시 빈 귀족들이 이 곡을 불편해한 것이 무리도 아닙니다.

2 악장

무겁게 몰아치던 1악장이 한숨 돌리듯 조용히 내리면, 그 가는 선율을 이어받아 2악장이 조심스럽게 시작됩니다. 피아노의 여린 두드림이 연극의 조심스러운 등장 장면을 연상시킵니다.
들창이 하나 열리면서 손가락, 손, 이내 고운 얼굴이 나타납니다. 피아노가 제안하고 오케스트라가 받아들이며 이어지는 이 아름다운 선율에 대해 상상을 계속해 볼까요?
홀로 어두운 방 안에서 무겁디무거운 슬픔을 견디고 일어선 영혼인가 초연한 아름다움이 그녀를 감싸고 돕니다. 말갛게 씻긴 얼굴은 자신이 딛고 넘어온 절망의 시간 덕분인지 활짝 열려 있습니다. 뿌려놓은 듯 가득히 창 밖 세상을, 지금 햇빛이 새삼 어루만지고 있네요. 쓸쓸함이 가볍게 그녀의 주위를 맴돌고 있지만, 세상을 향해 존재를 열고 선 그 모습은 또 하나의 빛입니다.
그렇게 평화롭게 빛을 내며 흐르던 곡에 ♪4분 27초갑자기 그늘이 내립니다. 곡의 후반부를 다시 지배해 들어오려는 1악장의 무거운 운명. 창 앞에 서 있던, 조금 전까지의 그 빛은 어디로 갔나요? 팔을 활짝 열고 가볍게 춤이라도 출 것 같던 그 빛은 이제는 스러진 듯 내면 깊숙이 사라져 버리고…….

"얼마나 더 견뎌야, 슬픔이 이 내 심장을 밟고 지나가도록 얼마나 더 어두운 곳에서 견뎌야, 어둠에 잡아먹히지 않을 수 있는 것인가?"

피아노가 말합니다. 젖은 빨래를 하나씩 내다 널듯 얼마나 더 이 슬픔을 내다 널어야 어둠에 잡아먹히지 않을 수 있는가, 피아노가 묻고 있습니다.

♪7분 10초 그런데 이 곡이 또 다른 이야기를 들려주는군요.

다시 지배해 들어오는 슬픈 피아노와 바이올린을 관악기들이 농담을 걸듯 잠시 이어받으면서 다른 소리를 불러냅니다. 이제 피아노는, 빛이 어둠을 이기는 것이 아니라고, 어둠이 빛을 잡아먹는 그런 것이 아니라고 말하기 시작하지요.

빛과 어둠, 슬픔과 환희, 절망과 희망의 순간은–마치 삶이 죽음으로 완성되고, 죽음이 없는 삶은 삶일 수도 죽음일 수도 없듯–서로가 있음으로 해서 완성될 수 있는 것이라고, 속삭이며 사라져 갑니다. 그 가만가만히 사라져 가는 음들은 듣는 우리들의 가슴 속을 부드럽게 파고들며 울립니다.

3 악장

어두움과 정열이 묘하게 뒤엉켜 시선을 단번에 사로잡는 피아노의 첫 선율이 강렬합니다. 피아노의 부름을 받아 오케스트라도 같은 음색으로 나타나지요. 긴장과 해방, 어두움과 정열, 불안과 창조 이런 이질적인 요소들이 절묘하게 뒤섞여 폭발하듯 쏟아지는 소리들은, 숱한 괴로움이 충돌하여 오는 내면을 잠시 실어볼 만합니다.

♪55초다시 홀로 이야기하는 피아노는 무엇을 말하고 있는 걸까요. 번민에게 제 살을 다 내주고 버쩍 말라버린 남자가 무대 위에서 혼자 춤을 추는 모습을 보는 것처럼 고독하게 폭발합니다.

피아노가 관악기와♪2분, 다시 오케스트라와 던지고 받으며 그려내는 음들은 화려하지 않지만, 춤을 걸고 구도라도 하는 듯 진지한 무용수를 그렇게 우리 앞에 데려다 놓습니다. 매우 빠르게Allegro Assai 하나의 주제에 짧게 끼어드는 여러 주제로 된 화려한 곡Rondo의 구성이 그런 느낌을 자아냅니다.

바순, 플루트, 오보에들이 불어넣듯 들려주는 다양한 색깔의 목소리에는 모차르트의 내면이 겹쳐집니다. 삶에는 몹시 서툴렀지만 음악에서만큼은 인간의 내면에서 피어오르는 모든 슬픔과 아름다움, 좌절과 동경을 한껏 꽃피워냈던 작곡가의 섬세한 내면이 겹쳐집니다.

♪5분 10초 격렬함과 꿋꿋한 의지가 대결하듯 덮쳐오는 오케스트라를 받아 피아노가 한 음 한 음 팽팽하게 새겨 넣을 때는 듣는 이의 긴장도 최고조에 달합니다.

부드러운 관악기들의 개입으로 찢겨 나갈 듯한 긴장은 잠시나마 가라앉고, 아무것도 해결되지는 않았으나 불굴의 정신은 온 세상을 향해 자신의 목소리를 이렇게나 강렬하게 남기며 사라집니다.

제임스 휘슬러, 〈검정과 금빛의 야상곡: 떨어지는 불꽃〉, 1875

어둠 속의 춤처럼 금빛 불꽃들이 번쩍거린다. 템스 강의 불꽃놀이를 표현한 그림이라지만 매우 시적이고 상징적인 분위기의 그림이다. 불꽃놀이는 문명과 유희의 상징이지만, 이 그림 속의 불꽃들은 어둠(좌절) 속에서 더욱 빛을 발하는 열정을 떠올리게 한다. 화려하면서 격렬하고, 그러면서 꼿꼿한 의지를 가진 무용수가 이 그림의 어둠 속에서 춤을 추고 있을 것 같다.

지극한 아름다움으로 마음을 정화하고 싶을 때 ③

하마 스러져 버릴 것만 같은 아름다움
피아노 협주곡 21번 C장조 K.467

문학작품을 읽을 때 첫 줄이 아주 중요하듯, 인상적인 작품의 첫 줄은 오래도록 가슴에 남아 그 작품의 감동을 되새기고 싶어질 때면 읊조리게 되듯, 음악에서도 첫 악절의 인상은 대단히 중요합니다.

조심스럽게 등장하느냐 갑자기 터뜨리듯 등장하느냐, 주요 악기를 먼저 내세우느냐 주연을 소개하듯 보조 악기를 먼저 내세우느냐 이 모두에 작곡가의 의도가 깔려 있고, 곡을 감상하는 사람의 입장에서는 그 곡의 첫인상을 만들게 되는 부분이 바로 첫 악절입니다.

이 곡의 첫 악절은 어떤 인상인가요.

1악장 도입부는 영롱한 행진곡풍의 오케스트라가 독주 피아노를 불러들이는 것으로 시작됩니다. 2악장은 강물같이 부드럽게 쓰다듬는 현악기들이 눈물 글썽한 여인같이 섬세한 피아노를 초대합니다. 불멸의 아름다움이란 바로 이런 곡을 말하는 것이 아닐까 들을 때마다 글썽이게 되는, 순정의 아름다움만으로 채워진 곡입니다.

1:

악장

모차르트의 피아노 협주곡 21번 1악장은 영롱하게 풀려나오듯 시작됩니다.

시작도 끝도 알 수 없는 어떤 곳에서 끊임없이 풀려나오는 물줄기처럼 악기들의 다양한 소리들이 샘솟듯 풀려나오고 있어요. 물줄기가 힘차게 쏟아져 내리며 시원스러운 물보라를 뿌리듯 현악기가 오르고, 뒤에서 팀파니가 북돋습니다.

천국에서 뛰노는 어린아이들과 그 아이들 발에 닿는 풀이 이런 느낌일까, 밝게 터지는 바이올린 소리는 화사하기 그지없습니다.

힘차게 터지는 바순과 트럼펫, 플루트는 호로록 지저귀며 가벼운 엑센트를 주지요. 그러고는 오케스트라와 함께 점점 더 드높이 솟구쳐 오릅니다. 끝도 가도 없이 펼쳐진 자유의 하늘로 말입니다.

여러 개의 잔물결이 어우러지듯 모든 악기가 어울려 명랑하면서도 진지한 음표들로 듣는 이들 마음에 웅크린 우울을 훔쳐갑니다.

♪2분 18초이 때 등장하는 피아노는 어떤 소리인가요.

아아, 피아노는 맑은 물 위로 튕기는 물방울처럼 영롱하게 아름다움을 수놓습니다. 오케스트라가 잠시 들어와 말을 걸면 피아노는 취한 표정으로 자기 마음의 비밀을 보여주노라 소리 속으로 더욱 깊숙이 들어갑니다.
그런데 영롱한 아름다움 속에 감추어진 동굴이었나, 곡은 급작스레 어두워지고 피아노는 그 어둠을 응시합니다♪3분 35초. 하지만 슬픔 속에 간신히 찾아드는 희미한 희망처럼 어둡기 그지없던 불과 몇 주 전의 곡(피아노 협주곡 20번)과 달리, 이 곡은 더 이상의 비가를 허락하지 않고 조용히 몸을 일으켜 빛을 향해 음들을 날려 보냅니다. 피아노가 날려 보낸 음들은 마침내 1악장 도입부의 그 힘찬 오케스트라의 합주를 불러내지요♪5분 4초.
절대 자유의 공간을 향해 끝없이 날아오를 것 같던 오케스트라의 노래는, 어쩔 수 없는 인생의 고통과 마주하지 않을 수 없는 듯 피아노의 리드로 간간이 비통한 표정을 짓지만, 끝내는 어둠을 뚫고 날아올라 듣는 이들의 가슴에 빛 뿌리듯 아름다움을 내립니다.
사랑하는 어머니의 비참한 죽음, 항상 씁쓸한 실패와 엇갈려 찾아오는 성공, 자녀들의 잇단 죽음 속에서 진한 슬픔을 맛보아야 했던 모차르트의 가슴 속에서 어찌 이리 아름다운 소리들이 솟아오를 수가 있었던 것일까요. 아마도 이 소리의 천재는 삶의 정수를, 결국은 아름다움으로 받아들이고 있었던 모양입니다.
마무리는 애조 띤 아름다움의 극치를 향해 치달아 오르다 가만히 내리며 끝납니다.

2 악장

그 나지막한 여운을 2악장이 자연스럽게 받아 안으며 영화의 주제곡으로도 삽입되어 우리에게도 익숙한, 강물 같이 흘러드는 현악기의 소리가 이어지는 거지요. 부드럽게 쓰다듬는 것 같은 바이올린의 고운 선율과 뒤에서 둥글게 무늬를 그려 넣는 더블베이스 소리를 따라 관악기들이 속삭이듯 숨결을 불어넣습니다.

♪1분 42초불면 날아가 버릴 듯 소중한 사람에게인지 차마 두드리지도 못하고 건반을 어루만지며 피아노가 들어오네요. 홀씨를 달고 둥글게 피어난 민들레 씨앗들을 손에 쥐고 바람에 날려 보낼 때, 여리지만 씩씩하게 날아가던 그 자그만 씨앗들, 그 여리디여린 소망이 떠오릅니다.

이 곡을 가만히 듣고 있으면 너무나 아름다워 눈물이 날 것 같을 때가 있습니다. 피아노의 이 조심스러운 아름다움, 그리고 가끔씩 그림자처럼 희미하게 들어오는 바이올린의 소리가 파문처럼 끝없이 번져가며 마음속에 울리지요.

이 곡은 모차르트의 피아노 협주곡 21번 2악장이라는 이름보다는 엘비라 마디간(이 곡이 삽입된 영화의 제목)으로 더 많이 알려져 있습니다.

페데르 세베린 크뢰위에르, 〈스카겐의 여름날 저녁〉, 1891

긴 드레스를 입은 여인이 바닷가에 서 있다. 수평선 너머로 달빛이 조그맣게 보이고 화면은 저녁 바다의 푸른빛으로 가득하다. 고요하고 푸른 저녁 바다 위로 강물처럼 흘러드는 이 곡의 현악기 선율이 아름답게 겹쳐진다. 바다 위를 일렁이는 달빛은 투명하기 그지없는 피아노 같다.

3

악장

이제까지의 쓰라림을 모두 털어버렸다는 듯, 활력적인 도입부가 곡을 전혀 다른 분위기로 바꿔놓습니다. 이 곡은 활기차고 매우 빠르게Allegro Vivace Assai 연주하라고 되어 있네요.

산 정상에 올라 숨을 깊이 들이쉴 때 폐부 깊숙이 흘러드는 청량한 공기처럼 관악기들이 시원스레 울리고, 바이올린 활은 경쾌하게 뻗어 내립니다. 매끈하게 닦인 체육관 바닥을 탕하고 튕겨 오르는 공처럼 피아노가 경쾌하게 던지면 오케스트라는 친근하게 받으며 둘은 그렇게 곡을 엮어갑니다.

피아노가 문득 저음을 두드릴 때면, 미련인 듯 한두 방울씩 빗방울 듣는 도랑가에서 노란 비옷 입고 장화 신고 찰박찰박 노는 어린아이같이 장난스럽습니다.

아름다우면서도 애달픈 곡을 그리도 진지하게 그려내다가 내놓는 이런 마무리는, 심각한 순간에 뜻하지 않게 마주친 일상의 작은 에피소드 같아서, 농담을 던져 놓고 장난꾸러기같이 씨익 우리를 보며 웃는 모차르트의 얼굴이 떠오릅니다.

극적인 효과음을 ④ 찾고 있다면

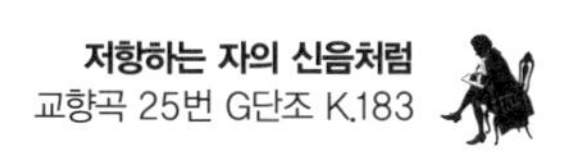

저항하는 자의 신음처럼
교향곡 25번 G단조 K.183

연주 동영상과 함께 교향곡을 감상하면 음악회에 가서 지금 막 내 눈앞에서 살아 꿈틀거리는 대작을 듣는 감동에 비할 수야 없겠지만, 아주 적은 노력으로도 교향곡을 좀 더 풍부하게 감상할 수 있습니다. 지금 인상적인 소리를 내고 있는 이 악기가 어떤 악기인지도 확인할 수 있고, 지휘자의 표정과 연주자들의 분위기를 간접적으로나마 느끼다 보면 훨씬 풍부한 느낌 속에 젖어들면서 곡을 감상할 수 있어서 좋습니다. 악기를 직접 찾아보면서 그 악기들이 어떤 느낌의 소리를 내는지, 반대로 특별하게 들리는 소리가 있다면 그 소리의 주인공이 누구인지 찾아보고 하는 거지요.

모차르트는 첫 교향곡을 여덟 살에 작곡했지만, 주요 작품으로 꼽을 수 있는 첫 작품은 1773년, 그의 나이 열일곱 살에 탄생한 이 작품입니다. 이 곡에서 우리는 작곡가 내면의 음성과 분명하게 마주칠 수 있어요. 특히 이 곡은 G단조 곡인데 모차르트 음악에서 G단조라는 조성은 각별한 의미를 갖고 있습니다. G단조로 된 다른 작품들—교향곡 40번(2부 참고), 현악5중주 4번(3부 참고)—이 그렇듯 그에게 G단조곡은 어둡고 비극적이며 반항적지요. 한결같이 그의 작품에서 예외적이며 독특한 분위기의 작품들입니다.

1악장

소리가 거세게 육박해 들어옵니다. 생기에 넘쳐서 빠르게Allegro con brio라고 씌어있는데, 불만의 신음이 거칠게 육박해 오는 것처럼 들립니다. 후회, 절망, 질투, 파괴 이런 단어가 떠오르면서요.

지금 누군가가 제 가슴을 쥐어뜯으며 불만에 찬 영혼에 사로잡혀 있습니다. ♪27초 오보에가 가르며 달래듯 들어와 보지만, 현악기들은 내몰리듯 끝내 후회와 절망, 질투와 파괴의 자기 길을 내닫습니다. 잠깐씩 현악기들이 가라앉히며 불만을 다잡으려 애써 시도해 보나 그도 잠시뿐 맨 처음의 거센 선율로 돌아가 이렇게 '신음-달램-내몰림-다잡음'을 반복합니다. 의지로도 소용없는 완벽한 절망, 완벽한 질투에 갇혀버렸다는 듯 말입니다.

♪4분 50초 곡의 후반부는 다시 오보에가 들어서서, 고해성사를 들어주는 신부처럼 진중하게, 종소리처럼 성스럽게 중재하려 들지요. 내달리던 현악기들도 잠시 고삐를 늦추고 가만가만히 귀 기울여 봅니다. ♪5분 20초 하지만 바순의 소리를 신호로 다시 맨 처음의 주제 선율로 되돌아가 버립니다. 그렇게 오보에와 현악기는, 귀의하려 하나 끝내 그렇게 되지 않는 방랑의 영혼처럼 서로 화해하지 못합니다.

이 곡은 영화 아마데우스의 첫 장면에서 절규하는 살리에리의 주제곡으로 삽입되었지요. 과연, 신명을 다 바쳐 완성을 향해 달려왔건만 신은 끝내 다른 자의 손을 들어줬다고 믿는 우리 내면의 미숙아, 절망과 질투에 사로잡힌 살리에리의 주제곡으로 삼을 만한 곡입니다.

2 악장

1악장의 내몰리는 듯한 신음이 잠시 쉬어가는 2악장입니다.
귀에 대고 부드럽게 속삭이는 음성처럼 바순이 불어옵니다. 거친 마음을 달래주려는 듯 부드러워진 바이올린과 함께요.
♪38초일순 오케스트라가 숨을 멈추고 다시 관악기의 신호로 잔물결처럼 바이올린이 들어옵니다. 첼로가 이따금 저음을 내면서 괴로운 마음을 드러내지만 오케스트라는 그 마음을 감싸주며 달랩니다.
신음하던 1악장의 가슴에 거짓말처럼 찾아든 평화로운 꿈속일까요, 그 가슴 깊은 곳에 흐르는 안식에 대한 갈망인 듯 아름답고 안타깝습니다.

3
악장

질투도 파괴도 절망도 후회도 다 물러가 버린 뒤에 남은 것이 있다면 무엇일까요. 그것은 이 곡에 표현된 것 같은 황량함 아닐까 싶습니다.
단단한 나뭇가지를 뚫고 올라오는 장한 봄꽃들과 새순, 태양을 통째로 집어삼키며 제 몸피를 늘려가는 왕성한 여름 나무들. 제가 낳은 씨앗과 겨울눈, 다시 찾아오마는 새봄의 약속 그 모두를 뒤로하고 흙으로 뛰어내리던 가을 나뭇잎들이 빠른 화면으로 지나갑니다.
그렇게 지나간 계절의 기억을 모두 잊어버리고 아무것도 남지 않은 겨울 들판에 서서, 바람이 몰고 오는 사멸의 냄새에 무릎이 꺾이는 가슴처럼 처절하게 황량합니다.
♪1분 45초 오보에와 바순이 잠시 들려주는, 지나간 봄에 대한 추억과 새봄에 대한 기다림은 내 것이 아니라는 듯, 그렇게 물기 하나 없이 처절합니다.

악장

무겁게 걸어나오듯 시작하여 이윽고 고통스러운 신음처럼 터져 나옵니다.
하지만 다시 주저앉지는 않겠다는 듯 나직하면서도 뚜벅뚜벅 긴장을 잃지 않으며, ♪1분 2초때로는 격렬하게 소리 지르면서 계속 행진합니다.
온몸의 수분이 다 빠져나간 듯 황량하던 3악장에서 몸을 뒤채며 어렵게 몸을 일으키는 것 같은 곡입니다.
패잔의 상처를 뒤로하고 다리 절룩이며 자기 앞에 남은 인생길을 걷는 사람의 뒷모습처럼, 그의 등을 때리며 지나치는 바람과 멀리서 이 모든 것을 지켜보며 거칠게 깨어나는 새벽하늘처럼 의지로 점철되어 있습니다.
단조곡의 이러한 저항과 의지, 신음이 잘 느껴지는 시를 골라봤습니다. 재앙처럼 쏟아지는 눈과 그 눈을 피해 달아나는 쬐그만 검은 새, 그리고 그 굴뚝새의 투쟁을 숨죽여 지켜보는 화자의 이야기에 이 교향곡의 이야기를 대입해 보시지요.

대설주의보

최승호

해일처럼 굽이치는 백색의 산들,
제설차 한 대 올 리 없는
깊은 백색의 골짜기를 메우며
굵은 눈발은 휘몰아치고,
쬐그마한 숯덩이만 한 게 짧은 날개를 파닥이며……
굴뚝새가 눈보라 속으로 날아간다.

길 잃은 등산객들 있을 듯
외딴 두메마을 길 끊어 놓을 듯
은하수가 펑펑 쏟아져 날아오듯 덤벼드는 눈,
다투어 몰려오는 힘찬 눈보라의 군단,
눈보라가 내리는 백색의 계엄령.

쬐그마한 숯덩이만 한 게 짧은 날개를 파닥이며……
날아온다 꺼칠한 굴뚝새가

서둘러 뒷간에 몸을 감춘다.
그 어디에 부리부리한 솔개라도 도사리고 있다는 것일까.

길 잃고 굶주리는 산짐승들 있을 듯
눈더미의 무게로 소나무 가지들이 부러질 듯
다투어 몰려오는 힘찬 눈보라의 군단,
때죽나무와 때 끓이는 외딴집 굴뚝에
해일처럼 굽이치는 백색의 산과 골짜기에
눈보라가 내리는 백색의 계엄령.

삶의 고통을 훌쩍 뛰어넘는 낭만주의자가 되고 싶을 때 5

모차르트를 사랑한 도시 프라하에서
교향곡 38번 D장조 K.504 'Prague(프라하)'

1786년, 모차르트 나이 서른 살에 작곡된 교향곡입니다. 이해에 오페라 〈피가로의 결혼〉 초연은 파리에서 빛나는 성공을 거둡니다. 그러나 이 오페라가 가진 사회 개혁적인 메시지는 빈 귀족들에게 위험시되어 공연이 중단되고 모차르트는 적대 세력을 많이 갖게 됩니다. 모차르트 또한 과거와 달리 귀족들이 좋아할 만한 음악을 작곡하려는 데서 나아가 새로운 표현을 개발하기 위해 더욱 노력하면서, 낯설고 무겁고 극적인 것을 추구하는 경향이 더욱 뚜렷해지고요.

작곡가로서 화려했던 명성의 절정기는 막을 내리고 자신의 음악을 이해해 줄 관객을 찾던 모차르트는 프라하의 초대를 받아 아내와 함께 음악 여행을 떠납니다. 모차르트의 나이 서른한 살 때 일입니다. 그곳에서 그는 〈피가로의 결혼〉을 지휘하는데, 공연은 대성공을 이루었고 개방적이고 세련된 도시 프라하에 감명을 받은 모차르트는 1786년에 작곡해 둔 이 교향곡을 프라하에 헌정합니다. 그 후로 이 곡이 '프라하'라는 부제를 갖게 된 것입니다.

모차르트는 프라하에서 또한 오페라 〈돈 조반니〉를 의뢰받았고, 그해 가을 두 번째 프라하 여행에서의 초연 역시 엄청난 환호를 받았다고 합니다. 모차르트를 사랑한 도시, 모차르트가 사랑한 도시 프라하, 어떤 곡인지 들어볼까요?

1:

악장

이 곡 또한 첫인상이 심상치 않습니다. 벼락을 꽂듯 갑작스럽게 불러내지요.
닫힌 문을 세차게 치듯 팀파니가 쾅하고 때릴 때, 그것을 신호로 모든 악기가 쿵쿵쿵 제 몸을 함께 부딪쳐 두드립니다. 관악기들도 세차게 바람을 불어넣으며 들이오고, 이제 대답이 나올 차례입니다.
♪22초현악기들이 몸을 떨며 여리게 흘러나오지만, 그 정도로는 어림없다는 듯, 역시 거칠게 밀어붙이는 질문 앞에 현악기들이 점점 더 빠르고 거세지면서♪1분 45초부터 점점 온 힘을 다해 대답을 밀어냅니다. 대답 역시 질문만큼이나 쉽게 꺾이지 않을 것 같은 기세입니다.
바이올린과 비올라, 첼로와 더블베이스가 각자의 활을 밀고 당겨 저 무거운 음에서 고음까지 여러 층의 소리를 만들어 내고, 이따금 관악기들이 끼어들면 대답은 점점 더 복잡해져 인간성의 모든 면을 동원해 오는 듯 뒤엉킵니다.
♪2분 16초쫓기는 듯, 버티는 듯, 눈을 부릅뜨는 듯, 잠시 생각을 고르는 듯, 밀리는 듯, 밀어내려는 듯. 폭풍 앞에 저항하는 돛처럼 영혼이 세차게 펄럭입니다. 우리 마음속 신성과 악마성의 대결을 보는 듯 적나라하고, 몰아치는

투쟁으로 점철되어 있습니다. 그토록 자신의 음악에 환호하던 빈이 등을 돌리기 시작한 시절, 빈의 냉대와 몰이해에 괴로워하던 모차르트의 내면인가요.

그런데 투쟁으로 점철되던 곡에, ♪3분 4초저 하늘 위로 솟아오르는 소리들이 나타납니다. ♪4분 40초이 끝없이 솟구치며 공간 속으로 흩어지는 소리들은, 듣는 우리들의 가슴을 드높은 곳으로 끌어올려 아름다움을 향해 함께 날아오르고 싶어지게 합니다.

이 시절 모차르트의 가슴에 최후까지 살아남은 것은 아무래도 아름다움에 대한 사랑이었나 봅니다. 적나라하던 투쟁이 끝내는 신성神性을 불러내 이렇게 모든 것을 떨치고, 높고 아름답고 귀한 곳을 향하여 계속해서 날아오르는 것으로 맺어지니까요.

외로웠던 시절에 자신의 음악을 이해해주고 사랑해 준 프라하 시민에게 모차르트가 건넨 선물은 이렇게 극적이고 아름답습니다.

워싱턴 올스턴, 〈달빛 풍경〉, 1819
화면 중앙에 위엄 있게 달이 지상으로 빛을 흘리고 있다. 호위하듯 달을 둘러싼 구름과 화면 아래 검게 엎드린 산이 달의 인상을 더욱 신비롭게 부각한다. 지상의 존재들이 끌어안고 씨름하는 온갖 근심, 온갖 고통, 온갖 불안 따위, 저 신비로운 달빛에 대한 흠모에 실려 흩어질 것만 같다.

2

악장

현이 길고 우아하게 오르내립니다. 토닥토닥 잠이라도 재우는 듯 관악기는 조심스레 불어넣고요. 1악장에서 '느리게'에서 '빠르게'로Adagio-Allegro 극적으로 변화되던 선율이 2악장에 이르러 걸음걸이 정도의 빠르기로Andante 다시 템포를 늦추니 악기들의 음색이 이렇게 달라집니다.

♪1분 4초이따금 견딜 수 없다는 듯 짙게 흘러나오는 슬픔과, 그러고는 이내 감내하듯 자그마하게 몸을 말고 돌아서는 선율이 애달픕니다.

파르라니 풀이 돋은 벌판에서 바람이 보내주는 위로, 야트막한 산을 돌아나갈 때 문득 만난 비밀스런 나무 터널에서 뿜어져 나오는 숲의 향기, 새들과 다람쥐, 햇빛의 웃음소리 속에 눈을 가만히 감고 잠시 자신을 놓아보지만, 어둠이 내리는 차가운 방에서 꼼짝 않고 추억을 더듬는 이의 가슴인 양 이리도 애달픕니다.

추억을 더듬듯 영혼 속으로 한 겹 한 겹 들추며 그렇게 걸어 들어오는 곡입니다.

3
악장

얼음장 밑을 녹이며 돌돌거리는 시냇물처럼, 겨울잠 깨어나 팔딱팔딱 봄을 불러내려는 개구리들처럼 현악기들이 수런거리고, 플루트를 앞세우고 관악기들이 새벽 새들처럼 바지런히 종달거립니다. 팀파니는 어서 일어나 보라고 힘주어 부추기지요. 1악장의 격랑과 2악장의 애수를 털고 생을 다시 새롭게 시작해 보려나 봅니다.

당신도 이 곡처럼, 그리고 모차르트처럼 이 생의 고통을 훌쩍 뛰어넘어 보세요. 고통을 응시하면서, 불가능해 보이는 자신만의 '꿈'을 꿈으로써 이 공간을 훌쩍 뛰어넘어 보세요.

생의 또 다른 얼굴을 만나러, 분주히 사람들이 오가는 큰길로 나서 봅니다. 저마다 가슴에 사연을 하나씩 품고도 저리 씩씩하게 빛나는 사람들의 눈빛들을 보며, 가슴을 펴고, 쿵쿵쿵 살아 뛰는 자신의 심장 소리를 다시금 벅차게 느껴 봅니다.

조깅을 하면서 음악을 듣고 싶다면

6

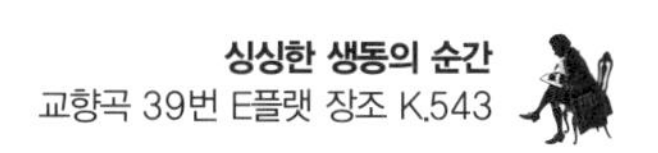

싱싱한 생동의 순간
교향곡 39번 E플랫 장조 K.543

모차르트는 1788년, 서른두 살 되던 해에 최후의 교향곡 세 곡을 연달아 작곡합니다. 몇 주 사이에 쓰인 곡이라고는 믿을 수 없게 세 곡 모두 독특한 개성으로 매우 다른 세계를 품고 있습니다. 또한 생활고에 몹시 시달릴 때인데도 세속의 고통을 뛰어넘어 깊고 위대한 정신세계에 도달하고 있어 그의 음악적 능력에 대해 다시금 존경심을 품게 됩니다.

싱싱한 생동이 넘치면서도 어딘지 삶의 짙은 허무를 느끼게 하는 39번, 비극적 절망 속에서도 거듭 뚫고 일어서는 불굴의 정신을 노래하는 40번, 완벽하고 절대적인 존재가 드높은 곳으로 영혼을 끌어올리는 41번을 각각 비교하며 감상해 보시지요.

39번 교향곡, 빚더미와 자식들의 잇단 죽음, 청중의 외면이라는 고통을 뛰어넘고 음으로 그려낸 청랑한 세계, 그가 죽기 전에 마지막으로 부르는 기쁨의 노래라는 뜻으로 '백조의 노래'라고도 불리는 이 곡을 함께 들어 보겠습니다.

1

악장

광하고 팀파니가 힘껏 두드리고 현악기도 힘껏 무거운 소리를 내며 시작됩니다. 이렇게 주목을 끌며 무겁게 시작된 다음으로 오케스트라가 내는 소리에는 묘한 설렘과 기대가 여운처럼 흐릅니다.
♪1분 3초새벽을 여는 새소리처럼 플루트가 공간을 싱싱하게 열고, 잦아들었던 팀파니가 다시 쿵쿵 두드리고 들어오면 이번에는 현악기들이 잔뜩 예민하게 활을 세우며 긴장합니다. 숨죽이고 무언가를 기다리는 듯한 소리입니다. 비극의 서막을 알리는 데에나 쓸 것 같은 이런 교향곡을 어떻게 달리기하면서 듣느냐고요? 템포가 '느리게'에서 '빠르게'Adagio-Allegro로 바뀌면서 반전이 준비되어 있지요.
서주는 무대 뒤에서 이루어지던 소란이었던 듯, 잠시 정적이 흐르다가 ♪2분 50초부드럽게 막이 열리고 우아하게 악기들이 흘러들어옵니다. 앞으로 이 곡의 주조를 이루게 될 활력적인 씩씩함으로 이제 공간이 부풀어 오를 듯 채워집니다.
천천히 공원을 달릴 때 심장이 뛰는 소리를 따라, 하늘과 길이 가득히 내 안으로 펼쳐 들어오는 듯한 느낌을 받아본 적 있으시지요? 그때 길과 나, 하늘과 나, 공간과 나는 하나가 되고, 마침내 나는 들판을 달리는 건강한 물이 되어 흘러갑니다. 조약돌과 만나면 조약돌과 지저귀고 나뭇잎 떨어지면 나뭇잎 껴안고 뱅그르르 돌고, 햇살과 반짝이는 눈 맞춤하며 그렇게 건강한 물이 되어 유연하고 즐겁게 흘러갑니다. 리드미컬하게 생동하는 팔과 다리는 앞으로 내닫지요. 활력 넘치는 씩씩함으로 넘실넘실 흘러가는 이 곡을 들을 때 떠오르는 느낌입니다.

달리기를 하면서 이 곡을 들으면, 특히 돌돌돌 경쾌하게 흐르는 개울물 따라 달리는 호사를 누릴 수 있다면, 음과 당신, 음과 공간, 당신과 공간이 멋지게 하나가 되어 특별한 기억으로 남을 겁니다.

산드로 보티첼리, 〈봄〉, 1482
서풍의 신 제피로스가 봄의 여신 '플로라'를 깨어나게 하고 있다. 그녀가 말할 때 입에서 꽃들이 탄생한다. 투명한 옷을 입고 둥그렇게 둘러선 세 여신과 화려한 꽃무늬 드레스를 입은 플로라, 땅에 가득 피어난 갖가지 꽃들, 그림 속 숲 속은 지금 이 곡처럼 투명한 생기와 활력으로 화려하게 피어난다.

2

악장

이 곡은 네 악장 모두 빠른 템포가 주조를 이루고 있습니다. 보통 곡 전체에서 가장 느린 악장으로 작곡하는 2악장마저도 '걸음걸이 정도의 빠르기, 그렇지만 약간 빠르게Andante con moto'로 빠르기가 지정되어 있을 정도입니다. 모차르트는 이 곡에서 청량함, 활력을 충분히 표현하고 싶었던 것 같습니다.

현악기가 잔잔하게 감고 돌듯이 흐릅니다. 잔잔하게 외딴 길을 돌아가는 개울물처럼. 마음속에 일렁이는 그리움을 조용히 끌어안고, 수줍은 듯 흐르는 물줄기처럼 바이올린이 흐릅니다. 언뜻언뜻 비치는 하늘인지 더블베이스가 던지는 소리를 바이올린이 그대로 받아 되비추며 흐릅니다.

♪2분 33초플루트와 클라리넷의 신호로 새로운 주제의 선율이 들어옵니다. 낮은 곳을 만난 물이 갑자기 한꺼번에 쏟아져 내리듯 쏴아아 세차게 떨어집니다. 도입부에서 가만히 끌어안고 흐르던 감정을 터뜨리듯 세차게 콸콸콸 흐릅니다. 하늘더러 나무더러 들어보라고 소리 내어 흐릅니다.

한동안 그렇게 흘러넘치던 마음을 ♪3분 54초다시 하나하나 거두어들여, 가만히 다독이고 끌어안아 보기도 하면서 개울물이 흘러내려 갑니다.

3
악장

활기찬 3/4박자의 춤곡(나타냄말, Menuetto)이 들어오네요.

기뻐하며 활기차게 일렁이는 파도가 떠오릅니다. 지는 태양 위로 파도가 밀려오는 바닷가에서 사랑하는 사람과 함께 추는 춤도 떠오릅니다. 한껏 부푼 가슴처럼 탄력 있게 뻗은 팔, 어디라도 달려갈 수 있을 듯 건강한 다리가 아름답습니다.

♪2분이제는 클라리넷, 플루트들이 앞으로 나옵니다. 현악기들은 가만히 숨죽이며 그 우아한 몸놀림을 지켜봅니다. 오선지 위에서 매력적으로 오르락내리락하는 까만 음표처럼 맵시 있고 청아합니다.

♪3분 4초청아한 그녀의 춤을 휘감아 안으며 현악기들이 다시 활기차게 넘실거립니다. 영원할 것 같이 춤을 춥니다.

4

악장

간질간질 간질이더니 바이올린이 휘몰아치듯 들어옵니다. 결승점을 눈앞에 두고 막바지 속력을 올리는 주자같이 힘껏 밀고 들어옵니다.
관악기가 잠시 호로록 지저귀는 사이♪47초 숨을 고르다, 다시 세차게 밀려들곤 하는 소리의 물결들. 가슴 벅찬 해후의 순간 같기도 하고, 고대하던 일을 이루고 기쁨에 차서 울리는 승리의 팡파르 같기도 합니다.
관악기가 호로로록 지저귈 때는 마침내 만났다고, 목표하던 곳에 다 왔다고 즐거워하는 듯하지요. 하지만 그런 즐거움 뒤에 침입하는 파열음이 있습니다♪3분 5초. 아찔한 낙하를 눈앞에 둔 듯 불안하게 선율이 흔들리다 일순 멎어버립니다. 가슴 벅찬 절정의 순간에 찾아든 한 점 먹구름 같은 그 선율은 그러나 이내 밀려드는 힘찬 소리들에 흩어져버리고 곧은 승리의 순간, 절정의 순간을 향해 바람같이 달려갑니다.

절대적인 존재를 ⑦
느끼고 싶을 때

빛을 뿜으며 걸어 들어오는 신성(神性), 우리 안의 어떤 것
교향곡 41번 C장조 K.551 '주피터(Jupiter)'

오페라 서곡 정도의 가벼운 음악으로 여겨지던 교향곡이 오늘날 같은 기악 예술의 최고봉으로 자리 잡게 된 데에는 모차르트의 공이(하이든과 함께) 가장 크다고 음악사가들은 말합니다. 여덟 살에 첫 교향곡을 작곡한 후로 서른두 살에 이 마지막 교향곡을 작곡하기까지 모차르트는 오케스트라의 표현을 계속하여 영감 어리게 가다듬어 나갔습니다.
바로 며칠 전에 작곡된 교향곡 40번 G단조 곡이 비극적인 것에 닿아 있다면, 이 곡은 승리적인 것, 숭고한 이상에 닿아 있다고 말할 수 있겠습니다. 실제로 두 곡은 자주 대비되어 소개되곤 합니다.
주피터라는 이름은 승리, 힘, 지성을 상징하는 최고의 로마 신(그리스 신화의 제우스)의 이름에서 따온 표현입니다. 모차르트 자신이 붙인 부제는 아니고 그가 죽은 후 요한 살로몬이라는 음악가가 붙여주었다고 합니다. 이름에 걸맞게 대규모의 악기 편성으로 당당한 기풍을 유감없이 보여주지요.

팡파르를 울리는 듯한 승리의 모티브와 부드럽게 쓰다듬는 듯한 부주제가 계속 대비되어 등장하는 1악장부터 함께 들어 보겠습니다.

1 악장

한 번에 시선을 끌어당기는 팀파니와 세차게 당겨지는 현악기로 곡이 시작됩니다. 마치 구름과 햇살을 몰고 들어오는 하늘같이 당당하고 거침없습니다. ♪41초이 때 드높게 솟아오르는 플루트가 흘러넘치는 샘물처럼 부드럽게 불러들이면, 다른 관악기들도 잠시 함께 흐르지요. 하지만 이내 조금 전의 장엄한 선율이 다시 밀고 들어옵니다. ♪1분 35초현악기들이 여려지면서 다시 꿈꾸듯 부드러워지는 선율은 투명하면서 신비롭습니다. 마치 구름을 뚫고 쏟아져 내리는 빛살, 그 빛살로 만든 계단을 보는 것 같습니다. ♪2분 16초하지만 이 가볍고 투명한 빛깔도 이내 팀파니를 앞세운 오케스트라가 뽑아내는 장엄표 선율에 둘러싸입니다. 권능과 위엄으로 자기를 드러내려는 주피터를 이따금 부드러운 여신이 감싸고 들어오듯, 그렇게 음색이 다른 선율이 번갈아 교차합니다.

♪2분 48초이제 흐르는 개울물처럼 경쾌하고 활력적인 선율도 들어옵니다. 그렇게 장엄함과 부드러움, 그리고 활력이 계속 교차하며 직조되는 곡입니다. 이 세 가지 색 실로 짜낸 곡의 전체적인 느낌은 장엄함이 주조를 이루고 있어요. 과연, 권능의 상징인 커다란 지팡이를 들고 당당히 걸어오는 주피터를 위한 곡이라 할 만합니다.

2 악장

부르듯 바이올린이 조용히 장막을 열고 들어오고, 다른 현악기들이 대답을 합니다. 다시 한 번 더 부르면 오보에, 플루트, 첼로가 떨면서 더욱 슬프게 대답을 하지요. 어떤 장면이 떠오르나요? 이 악장은 '걸음걸이 빠르기로, 노래하듯이Andante Cantabile' 연주하라고 되어 있습니다. 악기들이 뭐라고 노래하는 것 같은가요? 1악장의 장엄한 신성神性의 이미지로 계속 연상을 이어간다면 말입니다.

고해성사를 하러 온 방랑자 옆에 신부가 작은 창을 열고 앉는 것으로 말을 걸고 있습니다. 혹은 저 산자락 아래로 지금 막 떨어지려는 태양이 어느 사내–산에 올라 무연히 자신을 응시하는 한 사내에게 말을 걸고 있습니다.

♪1분 32초슬픈 마음을 더듬어 들어오듯 플루트의 질문이 더 커지고 짙어지고 빨라집니다. 그리고 털어놓듯 천천히 한 올 한 올 풀어놓는 바이올린과 오케스트라가 대답을 내놓아요.

악기들이 잠깐씩 혼자 솟아오르며 한 자락씩 이야기와 감정을 흘려보냅니다. 바이올린, 플루트, 더블베이스, 바순이 잠깐씩 솟아오르며 결국에는 혼자 마주해야 하는 생의 짐, 고달프고 쓸쓸했던 순간들을 털어놓듯 연주를 합니다. 듣는 우리도 매료되어 그렇게 자기 짐을 잠깐 내려놓습니다.

3 악장

생기를 얻은 바이올린 뒤로 팀파니가 힘차게 울리며 들어옵니다. 호른과 트럼펫이 기운을 북돋듯 울리고 더블베이스는 시원스럽게 현을 긋습니다.

혼자라고만 생각했던 순간마저도 하늘만큼은 저 위에서 함께 있어주었다는 것을 알게 되었나요. 2악장에서는 어두운 밤바다에서 홀로 노 저어 가는 제 인생이라 생각했는데, 이제는 둥둥 새롭게 울립니다. 어두운 밤바다를 흘러가는 수많은 다른 배들도 보게 되었다는 듯, 그들이 흘려보내는 불빛 보며 마주 웃어줄 줄 알게 되었다는 듯, 용기 있게 울리며 나아갑니다.

4 악장

소리가 쏟아져 내립니다. 천지가 창조되는 순간, 어둠을 뚫고 빛이 태어나는 순간인 듯 눈부시게 쏟아져 내립니다. 빠르게 몰아치는 현들과 팀파니가 몰고 오는 파도는 역동적이고 변화무쌍하며 경이롭습니다.
1분 2초, 2분 12초, 3분 20초 이런 식으로 반복하여 끼어들며 현악기들이 잠시 잦아들다 플루트와 오보에 같은 관악기들의 주도로 잠깐씩 부드러워지지만, 잠시 호흡을 고르는 것일 뿐입니다. 이내 저돌적으로 밀려드는 소리의 거대한 물결이 천지가 뒤집어지는 듯한 창조의 순간, 의지로 충만한 생명을 낳고 일으키는 순간을 그려 보입니다.
태어나자마자 두 발로 땅을 딛고 서서 내달리는 이 불가사의한 힘은, 마침내 하늘로 용솟음치는 거대한 소용돌이가 되어 날아오르며, 자신을 온 누리에 퍼뜨립니다. 1악장에서 제시한 '장엄함과 경외'라는 주제를 더욱 멋지게 끌어올리네요. 모차르트 최후의 교향곡은 이렇게 완벽하고 절대적인 존재가 주는 영혼의 고양을 소리로 우리에게 선사하고 있습니다.

윌리엄 블레이크, 〈태초〉, 1824

누군가 어둠 속에서 둥그런 빛을 뿜어내며 까마득한 아래쪽을 향해 몸을 굽히고 있다. 백발과 긴 수염이 옆으로 휼날린다. 손에 든 컴퍼스로 어둠 속의 무언가를 측량하고 있는 이 순간이 '태초'라면 그는 창조주겠다. 모차르트가 음으로 그린 절대자의 모습과 이 그림에 나타난 절대자의 모습은 무엇이 같고 다를까?

봄꽃들 보며 ⑧ 까르륵 들뜰 때

개화, 봄날 나무의 소망아
피아노 협주곡 23번 A장조 K.488

일생 동안 모차르트가 가장 사랑하며 공을 들여 작곡했던 장르는 오페라입니다. 그의 음악의 드라마적인 성격은 기악곡에서조차도 뚜렷하게 느낄 수가 있지요. 특히 협주곡에서 독주 악기와 오케스트라가 단순히 '멜로디-반주'를 맡아오던 방식에서 탈피하여 동등한 파트너로서 끊임없이 대화하게 만든 것은 그만의 혁명적인 업적이라고 할 만합니다.
그러니 이 곡을 감상할 때 피아노와 오케스트라를 각각 배우라 생각하고, 두 배우가 어떤 대사를 주고받는지를 느끼면서 들으면 좋을 것입니다. 음으로 만든 대사인 만큼 추상적일 수밖에 없으니 모든 이야기를 다 알아내려고 하기보다는 그 느낌에 초점을 맞추면서, 다만 그게 두 배우가 주고받는 특정한 관계라고 생각하고 그 관계를 알아내려 하면서 들어보자는 거지요.

1

악장

봄날 아지랑이 피어오르듯 바이올린이 번지며 들어옵니다. 그 뒤를 따라 ♪16초플루트, 오보에들이 낭만적인 숨결을 불어넣네요. 기대에 차 있고 설레는 이 곡의 표정은, 봄날 까르륵 피어나는 봄꽃 가득한 거리를 떠올리게 합니다.

♪33초봄날의 거리는 개나리, 벚꽃, 목련이 드문드문 피어나 있습니다. 아직 만개하지는 않은 벚꽃과 이제 막 털북숭이 껍질을 뚫고 피어난 목련처럼 기대에 부풀어 있는 현악기들은 이따금 그 어린 꽃송이들처럼 작고 사랑스러워집니다. 개나리는 벌써 활짝 피어나 웃으며 자그마한 손을 흔들고 있네요.

♪2분 10초이제 피아노의 독주가 등장합니다.

창이 많이 달린 집들 사이를 햇빛과 바람만이 한가로이 지나는 이국의 마을길, 그 외딴 길을 달리듯 피아노가 달립니다. 힘차고 빠르게 달리는 게 아니라 눈에 들어오는 거리 풍경이 모두 새로워 이제 막 걸음마를 배운 아기처럼 한눈팔며 타둑타둑 달립니다.

오케스트라가 피아노의 독주 사이사이에 뛰어들어와 지저귈 때면 이국의 새 소리인 듯 곡에 생기가 넘치지요. 제 살던 곳에서 참새하고 까치 정도밖에 못 보던 피아노의 눈에 털이 붉은 홍관조, 지금 막 새장에서 나온 것처럼 샛노란 앵무새, 높다란 나무 우듬지에 천연스레 앉아 까악까악 우짖는 까마귀, 포로롱거리며 오르내리는 이름 모를 작은 새들이 새롭기만 합니다. 피아노 뒤에 숨어 조심조심 저마다의 목소리를 내는 클라리넷이나 플루트가 꼭 그런 새들 같습니다. 또 그런 관악기들과 대화하며 흘러드는 현악기와 그 앞에서 달리는 피아노 건반이 모두 이 봄날, 천지간에 가득히 새 생명 피워 올리는 뭇 것들처럼 싱싱합니다.

새들의 이끌림을 받아 피아노의 걸음은 한결 발랄해져서 이제 탁탁탁탁 제법 힘차게 발을 내디디며 선수같이 씩씩하게 달립니다. 오케스트라도 더욱 풍성해지며 청신한 봄바람, 유리구슬처럼 투명하게 쏟아져 내리는 햇살을 뿌리듯 볼륨을 높이고요.

경쾌함의 절정에서 문득 피아노가 어두워지며♪6분 생각에 잠겨듭니다. 이 사색은 경쾌하게 부풀어 오르던 곡의 인상을 바꾸어 놓으려 하지만 오래 머무르지는 못하고 2악장에게로 넘겨줍니다. 클라리넷의 부드러운 봄바람, 현악기들의 손짓에 지펴 피아노와 오케스트라는 다시 봄날의 마을 길로 달려나갑니다.

2악장을 소개하려는 듯 다시 한 번 무거워지는 피아노를 뒤로하고 오케스트라가 단정히 곡을 가라앉히며 끝을 맺습니다.

봄기운에 지펴 들뜬 개구리들, 그리고 실은 개구리들보다 더 들뜬 화자의 마음이 보이는 시 소개해드리겠습니다. 함께 감상해 보세요.

와글와글와글와글와글

문 태 준

고샅을 돌아 부푼 달 아래 걷는데

거뭇거뭇한 논배기에서

한 뭉테기로 와글,

귀를 촘촘하게 열었더니

논개구리들이

와글와글와글와글와글

이 봄밤에 방랑악사들이

대고를 두드리는데

참 멋진 춘화 한 장입니다

온 우주가 잔뜩 바람난 꽃입니다

2
악장

가녀려진 피아노가 애달파합니다. 1악장과는 완전히 달라진 분위기, 하지만 1악장 말미에 잠깐 엿보인 피아노의 애수를 함께 들어보겠습니다.
겨우내 맨몸으로 추위 속에 서서 단단히 꿈꿔온 봄날, 나무는 그 봄을 만났고 웃음을 터뜨리듯 하얗게 꽃을 피웠습니다. 그런데 대기에 가득한 생명의 웃음소리, 부드러운 눈짓을 느끼는 피아노가 어쩐 일로 못내 애달파 하네요. 무슨 사연, 무슨 애수일까요.
이국의 피아노는 두고 온 사람을 그리워하는지도 모르겠습니다. 슬픈 꿈을 꾸는 듯, 아늑한 꿈을 깨우는 듯 아주 천천히 걸어오지요. 한숨 같기도 하고, 나직한 중얼거림 같기도 한 플루트의 떨림, 길게 휘어지는 첼로와 비올라가 뒤따라 들어오며 피아노의 쓸쓸함에 공명합니다.
갈증처럼 마음을 조여오는 그리움을 절제하며, 건반 위에 한 음씩 그려 넣는 피아노의 여린 선율과, 물살 위에 불빛을 일렁이게 하는 저녁 강처럼 피아노를 거역하지 않고 받아들이는 오케스트라는 그렇게 완벽하게 최소한의 음만 사용하며 서로에게 조율합니다.

3
악장

아직 동도 트기 훨씬 전부터 깨어 지저귀는 새 소리를 들어 본 적 있으십니까?
활기차게 뛰어다니는 어린아이들같이 신이 난 피아노와 오케스트라를 듣고 있자면 그 새들이 생각납니다. 사람들의 눈에는 칠흑처럼만 보이는 어둠 속에서도 저기 멀리서 태양이 보내오는 빛을 감지하는 그 애들은 아침이 좋아 요란하게 저희끼리 재깔거리며 먹빛 어둠에서 검푸른 기운을, 다시 희부염한 빛을 바지런히 불러내지요.
아직은 차가운 바람 속에서도 여린 입술을 야무지게 다물고 봄을 불러내는 벚꽃을 본 적이 있으십니까?
푸근하게 내리쬘 어느 날의 햇빛을 그리며, 화들짝 피어날 그날을 기다리며, 털북숭이 겨울눈을 비집고 태어나는 목련꽃 한 송이를 가만히 바라다본 적 말이지요. 보드라운 흙 속에 뻗은 뿌리로 힘껏 물을 잡아 올리고 햇빛 한 자락도 살뜰히 들이마셔 아주 천천히 꽃잎을 여는 목련의 개화를 며칠이고 가만히 지켜본 적 말입니다.
채 피지 못하고 툭 떨어져 죽은 꽃송이를 들어 올려 가만히 그러쥐면, 꽃잎이 아직 간직하고 있는 촉촉하고 보드라운 숨결, 당신 손에 가만히 불어넣는

답니다. 그렇게 먼저 떨어진 목련꽃 봉오리는 봄날의 대기와 생명을 당신에게 부드럽게 이어줍니다. 가만히 봄꽃들을 들여다보면서 이 곡을 들어보세요.

높이 날아오르고 싶을 때 9

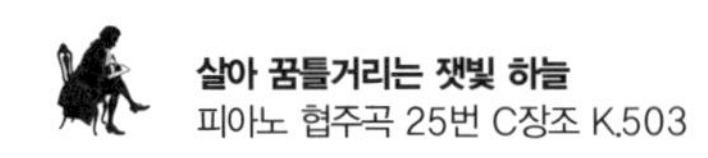

살아 꿈틀거리는 잿빛 하늘
피아노 협주곡 25번 C장조 K.503

1781년, 스물다섯 살이 된 모차르트는 계속 갈등 관계에 있던 고향 잘츠부르크의 콜로레도 대수교와 결별하고, 빈으로 완전히 거처를 옮기는데 그곳에서 첫사랑 여인의 동생 콘스탄체 베버를 사랑하여 스물여섯 살에 결혼도 하게 됩니다. 1781년부터 1787년까지 6년간, 모차르트 나이 스물다섯 살부터 서른한 살까지의 시기는 작곡가로서 모차르트의 명성이 절정에 달하던 시기입니다. 이 시기 모차르트는 빈에서 주로 작곡을 하였고 처음으로 경제적인 자립도 이루게 되지요.

스물여덟 살 때 피아니스트로서 모차르트의 공연은 정점에 이르는데 이 시기에 많은 피아노 협주곡들을 작곡합니다. 모차르트의 피아노 협주곡은 모두 27곡인데 가볍고 유희적인 요소들이 많은 초기곡들과 달리 후기곡들은 대단히 내면적이고 개성적인 색채를 드러내는 곡들이 많습니다. 1786년, 모차르트 나이 서른 살에 작곡된 이 곡에는 그러한 특색이 잘 담겨 있습니다.

조화로움을 이상으로 여기던 교회 음악에서 이 곡과 같이 개인의 내면을 자유롭게 표현하는 새로운 음악으로의 변화를 이룩한 것, 그것은 최초의 자유 음악가 모차르트가 일구어낸 음악사적인 업적이라고 말할 수 있겠습니다.

1

악장

구름의 터진 틈 사이로 빛살이 쏟아져 내리듯 소리가 쏟아져 내립니다. 그렇게 웅장하게 쏟아져 내리던 소리들은 ♪35초관악기들이 망설이듯 작아지면서 바이올린을 불러들이는 것을 계기로 신비롭게 흘러갑니다.

금방 비 내릴 듯 구름이 모여들며 꿈틀거리는 하늘이 떠오릅니다. 첫 소리가 수직의 하강이었다면 지금의 소리는 수평의 거대한 흐름입니다.

하늘과 잿빛 구름이 얽혀들며 흘러가는, 마치 커다란 생물처럼 살아 꿈틀거리는 하늘 아래 서 있으면 가슴은 풍선처럼 부풀고 겨드랑이에 날개라도 돋칠 듯 하늘로 날아오르고 싶은 충동에 사로잡힙니다. 이 곡에는 그런 꿈틀거림 있고, 그 속에 담긴 나지막한 몽환, 그리고 거대한 동경까지 읽을 수 있습니다.

♪55초치솟아 오르는 바이올린이 품고 있는 동경을 들어보세요.

♪2분 2초바이올린이 나지막이 속삭일 때 오보에가 톡톡톡톡 뒤따르며 그려 보이는 공상을 느껴 보세요.

♪3분 10초피아노가 씩씩하게 공간을 가르고 들어오며 함께 꾸자고 이야기하는 꿈을 꾸어보세요.

쉽게 끝내지 못하고 거듭되는 이 악기들의 꿈틀거림에 마음을 실어보세요. 그러면 당신의 마음속에도 새벽하늘이, 잿빛 치맛자락 끌고 거대하게 흘러가는 그 하늘이 들어와 흐를 겁니다.
비 오는 날이면 아련한 추억처럼 코끝에서 냄새가 감돌 때가 있지요. 조그만 대문들이 이마를 마주 대고 앉은 골목에서, 부엌문이자 대문이었던 낡은 문을 열어놓고 어머니가 부쳐주시던 부침개 냄새. 방문 앞에 쪼그리고 앉아 맡던 따순 그 냄새를 빗속에서 다시 맡을 때면, 마음이 설레면서도 슬퍼지곤 합니다. 비 오는 날에는 생물처럼 살아 꿈틀거리던 어린 날의 그 하늘이 되살아 우리 가슴을 일렁이게 하지요.
어디론가 높은 곳으로 날아오르고 싶은 내 안의 나, 내면 깊숙한 곳에 숨겨진 동경, 인간 존재의 정수를 깨어나게 하는 하늘, 그 하늘을 닮은 곡입니다. 당신도 더욱 조심스럽게 귀 기울여 보면, 당신 가슴 속에 비밀스럽게 키워온 소망이 내면의 벽을 두드리는 소리, 들릴지도 모릅니다. 어쩌면 조용히 어쩌면 세차게.

2

악장

어둠 속에 앉아 빛을 응시하는 여린 가슴처럼 가녀리게 소리가 흘러들며 시작됩니다. 깨우듯 퍼져가는 호른의 소리, 오보에 소리, 그리고 빛을 흘려 넣듯 서서히 흘러드는 현악기들의 소리를 따라가 봅니다.

이제 피아노의 독주가 나올 차례입니다. ♪1분 40초아까의 그 도입부를 피아노가 변주하며 들어옵니다. 소리는 이제 좀 더 명징하면서 시린 빛을 띠지요.

♪3분 33초따라란 하는 소리와 함께 장면이 바뀌듯 이제 이 곡에서 가장 아름다운 절정 대목이 나올 차례입니다. 뭐라고 얘기해야 할까요. 피아노의 반주부와 주요부, 플루트와 오보에, 바이올린의 소리들이 서로 가늘고 곱게 주고받으면서 내는, 섬세한 꽃잎 한 장 같은 이 완벽한 아름다움을.

♪5분 30초다시 도입부 주제로 돌아갔다가 ♪6분 51초한 번 더 반복.

아름다운데 아스라이 먼 곳에서 들리는 듯 안타깝습니다. 멀리서 손짓하는, 이미 죽어버린 화가의 그림처럼. 그림 속으로 뛰어들듯 강물 속으로 뛰어들어버린 그 사람 이태백처럼.

카스파르 다비트 프리드리히, 〈무지개가 있는 산 풍경〉, 1810
황량한 숲 속에 한 남자가 앉아 있다. 그의 머리 위로 짙은 구름이 꿈틀대는 하늘이 거대하게 흘러가고, 커다란 무지개는 수호신처럼 공중에 걸려 있다. 세상살이의 고통을 거대한 자연의 품속에서 관조하며 감내하는 그림의 분위기가 이 곡의 주제와도 연결된다.

3

악장

1악장의 꿈틀거림, 2악장의 애상처럼 3악장을 한 단어로 표현한다면 어떤 단어를 들 수 있을까요? 이 곡을 다 듣고 나서 책 맨 밑에 조그맣게 적어 보시지요.

가슴 속에서 터져 나오는 기쁨을 표현하는 것 같이 밝고 빠르게 뛰어드는 바이올린의 선율에 이어 ♪36초 팀파니의 타격을 받아 현악기들의 합주가 더욱 커집니다.

이제 피아노가 뛰어들 차례입니다. ♪48초 즐겁게 춤추듯 명랑하게 뛰어드는 피아노. 관중을 사로잡는 옷을 입고 무대 위에서 기쁨에 넘쳐 뛰노는 무희 같기도 합니다. 그만큼 환희와 활력이 넘치는 곡이에요. 1악장에서 악기들이 꿈꾸던 몽환과 동경, 아스라하게 멀어져 갈 듯 듣는 이를 사로잡던 2악장의 애상은 어디로 갔나요?

중반부 ♪3분 39초에 이르러 피아노가 어둡게 표정을 바꾸고 플루트, 오보에 같은 관악기들이 리드하기도 하면서 잠시 숨을 고릅니다. 꿈꾸듯 부드러우면서도, 지상의 것이 아닌 것 같은 쓸쓸함으로 휘감아드는 선율을 들어보시지요. 이 2분 남짓의 연주는 마치 숨은그림찾기의 한 조각 같습니다. 환희의 춤 속에 숨겨둔 몽환, 비밀스런 동경, 다다를 듯 닿지 않는 안타까움이 극적으로 모습을 드러내니까요.

♪5분 50초하지만 곡은 이러한 우수를 굳이 들키기 싫은 듯 다시 원래 갖고 있던 활기로 돌아가려 합니다. 중반부의 숨은 그림을 찾아낸 이의 귀에는 뛰노는 피아노와 빠르게 이어지는 바이올린, 지저귀는 관악기의 선율 사이에 숨은 우수가 언뜻언뜻 보이지만 말이지요.

마지막은 역시 팀파니의 탄력을 받아 한없이 힘차지는 현악기들의 드높은 노래로 끝을 맺습니다.

탄생의 경이로운 순간을 맞을 때 ⑩

살며 만나는 그 많은 탄생의 순간들, 소멸 그리고 재생
피아노 협주곡 26번 D장조 K.537 '대관식(Coronation)'

이 곡은 모차르트의 마지막 3대 교향곡(39번, 40번, 41번)과 같은 해인 1788년 그의 나이 서른두 살에 작곡되었습니다. 그 해는 건강도 나빠지고 매우 궁핍해지면서 모차르트가 빚더미에 올라앉기 시작하던 해이지만, 이 작품에서는 교향곡 41번과 마찬가지로 그런 세속적인 삶의 그늘을 전혀 느낄 수가 없습니다.

모차르트는 레오폴트 2세가 오스트리아의 새 황제로 등극하는 자리인 대관식에 모인 귀족들을 상대로 이 곡을 연주했기 때문에 후세에 대관식이란 별명이 붙게 되었습니다.

경이롭고 위엄에 차 있는 곡, 대관식이라는 별칭에 걸맞게 화려한 이 곡을 함께 들어보겠습니다.

1

악장

쿵쿵쿵쿵 두드리는 피아노의 저음을 신호로 바이올린이 들어와 부드럽게 장막을 열어젖힙니다. ♪23초그러고는 당당히 선포하듯 오케스트라가 일제히 확신에 차서 들어오지요. 태초의 어둠뿐이던 공간에서 환한 빛이 뿜어져 나오듯 경이롭고 위엄에 차 있습니다.

♪1분이제 오케스트라가 잠시 사라지고 바이올린 몇 대만이 그 섬세한 손으로 갓 태어난 세상을 어루만집니다. 한참 그렇게 부드럽게 쓰다듬다 호른의 신호로 오케스트라가 쾅쾅쾅쾅 두드리며 다시 들어와 힘껏 팡파르를 울리고, 다시 어루만지듯 입 맞추듯 흐르는 선율과 장엄한 축하가 한 번 더 뒤따릅니다.

이제 피아노의 독주가 나올 차례입니다. ♪2분 35초피아노가 들어와 초반부 오케스트라의 주제 선율을 혼자 노래합니다. 위엄에 차 있던 선율이었는데 피아노의 손을 타니 아주 로맨틱해지네요. 일제히 날아오르는 새 떼 뒤에 남은 잔물결 같고, 그 물살을 희롱하는 맑은 햇빛 같습니다. 오케스트라는 이 주제의 말미 부분에 합류하여 장엄한 축하를 한 번씩 들려줍니다.

새로 태어난 세계에서는 모든 것이 처음의 순정함을 빛처럼 간직하고 있겠지요. 물살도, 물살을 희롱하는 햇빛도, 가볍게 불어오는 바람도. 새싹들은 일제히 땅을 쑤욱 밀어 올리고, 어미의 뱃속을 거치지 않고도 새끼들이 툭툭 땅에서 태어날지 몰라요. 지금 피아노와 바이올린이 함께 그려내는 선율이 그렇게 빛으로 충만하여 순정합니다.

이러한 찬미 뒤에 새로 태어난 세계에 거실거실 비바람이 일어♪4분 4초 피아노가 유감스러워할 때에는 태어난 것들이 병들고 늙어, 죽어가는 길이 떠오릅니다. 소멸에 관한 철학을 아이들의 목소리에 담은 다음 그림책을 시처럼 천천히 음미해 보세요.

"하지만 낮이 끝나면 해는 어디로 가나요?"

"낮은 끝나지 않아. 어딘가 다른 곳에서 시작하지. 이곳에서 밤이 시작되면, 다른 곳에서 해가 빛나기 시작한단다. 이 세상에 완전히 끝나는 건 없단다."

"정말요?"

"그럼. 다른 곳에서 시작하거나 다른 모습으로 시작한단다."

(중략)

"바람이 그치면 바람은 어디로 가나요?"

"어딘가 다른 곳으로 불어가, 나무들을 춤추게 하지."

"민들레 꽃씨가 바람에 날리면 어디로 가나요?"

"어느 집 잔디밭으로 날아가 새로운 민들레를 피우지."

"파도는 모래에 부서지면 어떻게 되나요?"

"바다에 스며들어 새로운 파도를 만들지."

《바람이 멈출 때》 중에서

그렇게 잎이 져도 흙으로 돌아가 뿌리를 타고 올라 다시 새잎으로 태어나고, 늙어 목숨을 다 써 버린 어미가 죽어도 그 자식이 다시 세계를 이어가듯 피아노와 오케스트라는 처음의 순정함으로 거듭 돌아옵니다. 생명과 세계는 끝나는 것이 아니라 새로 시작되며 변화하는 것이라는 듯, 그 끊임없는 순환의 장대한 드라마를 보여 주려는 듯 그렇게 거듭 돌아옵니다.

2 악장

동요처럼 해맑은 피아노의 선율이 곡을 엽니다. 뒤이어 그 선율을 오케스트라가 그대로 따르지요. 오케스트라는 바람에 웃으며 꽃잎 흔드는 키 작은 들꽃들 같습니다.

이제 피아노의 독주를 들어봅니다. ♪2분 13초피아노가 진지해지면서 오케스트라는 귀 기울이듯 가만가만 따라옵니다. 이 진지한 선율에 어떤 장면이 상상이 되나요?

허공에 보라 등불이 가득히 매달린 것 같아 이끌려 다가가 보니 자목련이 보랏빛 치마에 흰 웃옷 입고 요정처럼 피어 있네요. 수줍으면서도 고혹적이고, 청신한데도 농염한 꽃송이들이 봄날 하늘을 가득히 밝히고 있습니다.

피아노가 그려낸 이 빛깔이 그리움을 불러냈는지 ♪2분 47초오케스트라가 떨려 나옵니다. 피아노도 조금 더 애잔해지면서, 멀리 떠나온 이 거리에서 만난 보라 등불이 밝혀주는 추억을 하나하나 되새기고, 고백합니다.

이 아름다운 등불들도 어느덧 시들어 땅으로 꺼져버리겠지만, 목련이 가버리고 난 그 자리에 새로 돋아날 푸른 잎, 끊임없이 되살아오는 추억처럼 피어날 재회의 약속을 기억하며 피아노 소리가 사라져 갑니다.

3 악장

피아노가 경쾌하게 뛰어나옵니다. 잎이 무성해질 대로 무성해진 어느 여름날, 후두둑 나뭇잎들 두드리며 경쾌하게 춤추는 소낙비를 닮았습니다. 빗줄기에 일시에 소란해지는 숲처럼 깨어나 시원하게 들썩이는 오케스트라. 마녀 사이렌처럼 듣는 이를 끌어당기는 피아노를 따라 오케스트라가 들어와 점점 굵어지고 거칠어지는 비바람을 그려 넣습니다.
♪1분 10초이제 숲과 거리는 짐짓 어두워집니다. 하지만 피아노가 분위기를 장난스럽게 휘저어 생동하는 나뭇잎, 춤추는 빗발을 뿌려 넣네요.
빗발이 굵어졌다 가늘어지고 바람이 거칠게 불어오다 다시 잠자고, 그렇게 계속 표정을 바꾸며 내리는 여름비처럼, 잠깐씩 그늘을 드리우다가도 생동하는 선율 시원하게 터트리는 유머로 쑥쑥 자라나는 독특한 곡입니다. 대관식 구경 온 귀족들이 모차르트의 이 곡을 들으며 어떤 표정을 지었을까요? 그로부터 300년 뒤 지금, 이 곡을 듣는 여러분은 무엇을 느끼나요? 한 단어로 줄인다면 어떤 단어를 내놓고 싶은가요.

삶의 아름다움을 되찾고 싶을 때 ⑪

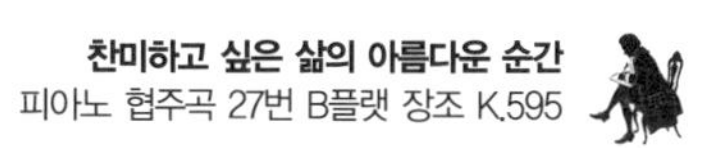

찬미하고 싶은 삶의 아름다운 순간
피아노 협주곡 27번 B플랫 장조 K.595

이 곡은 모차르트 말년인 서른다섯 살 때 쓰인 작품입니다. 죽음 직전에 쓴 클라리넷 협주곡 A장조(4부 참고)와 같은 시기의 작품이지요.

모차르트의 영광의 빈 시기 이후의 후기작들, 그리고 특별히 이 곡처럼 말년에 쓴 작품들은 경쾌하고 우아하던 그의 음악 세계가 극적으로 변해가는 과정을 고스란히 담고 있어서 그 의미가 각별합니다. 가난과 병고라는 큰 고통과 싸우면서 마지막 노력을 기울여 낳은 말년의 작품들은 심오하고 비장하거나 정반대로 아름답고 찬란해서 인간 정신이 어디까지 뻗어 갈 수 있는가를 극한까지 보여주고 있습니다.

앞에서도 몇 번 말씀드렸듯 모차르트의 음악은 드라마적인 요소가 강한데, 마치 오페라에서 가사와 음악으로 인물의 성격을 묘사하는 것처럼 기악곡 안에서도 인물의 심리를 그려내고 있다고 느껴질 때가 많습니다. 그래서 협주곡의 경우 오케스트라와 독주 악기의 대화, 오케스트라 내에서는 관악기들의 개성적인 소리들을 잘 들어보면 그의 음악을 더 잘 이해할 수 있게 됩니다.

모차르트의 스물일곱 개 피아노 협주곡 중에서 마지막 작품이기도 한 이 곡을 감상할 때 피아노와 오케스트라가 그려내는 인물, 관악기들의 개성적 목소리에 주의하면서 들어보기로 할까요?

1:

악장

바이올린의 리드를 따라 악기들이 서로를 불러내고 주고받으면서 소리가 점점 커져갑니다. 부드럽게 흐르다가 때론 경쾌하고 힘차게, 때론 아득히 먼 곳에서 다가오는 듯 아스라합니다. 이 다채로운 소리는 무엇을 말하고 있을까요.
사랑하는 여인에게 바치려 소리로 쓴 시인가요.
따스한 봄기운이 가득한 바닷가에 뜨는 아침 해를 잡으러 까르륵 뛰어다니는 아이들에게 바치는 삶의 생동일까요.
아니면 이 모든 것을 낳고 데려가는 분– 시간이자 공간인 그분에게 바치는 연가인가요. 떠오르는 낱말을 하나만 말해 보시지요. 그리고 그 낱말에 이야기를 붙여 보세요.
이제 피아노의 독주가 나올 차례입니다. ♪2분 51초피아노가 등장하며 들려주는 소리는 어떤 느낌인가요.
연인에게 바치는 시처럼 달콤하고 낭만적입니다. 피아노의 밀어를 한 마디도 놓치지 않겠다는 듯 숨죽이며 듣는 오케스트라가 이따금 대꾸를 하며 들어와 피아노의 마음을 온통 털어놓게 만듭니다.
피아노는 아름다운 사랑을 영롱하기 그지없이 노래하다가도 문득 무거워지며 괴롭게 뒤척입니다. ♪3분 47초내 사랑을 모르는 듯 끊임없이 곁눈질하는 연인에게 상처라도 받았을까요. 그럴 때 피아노 주위를 어른거리는 바순이나, 오르락내리락 제 마음대로 날아다니는 플루트가 피아노를 위로해 원래의 영롱함으로 되돌려 놓곤 하지요.

다시 가벼워진 피아노는 섬세하게 사랑을 노래하다 제 젊음과 사랑, 그리고 이 봄날이 겨운지 풍성하게 커지는 현악기들과 함께 힘껏 날아오릅니다. ♪6분 10초

2 악장

아주 조심스럽게 문을 열듯 피아노 소리가 나직하게 나옵니다. 이어 먼동이라도 트는가 불러내는 호른을 받아 바이올린과 관악기들이 등장합니다. 고요하면서도 진동을 만들어 일렁이는 소리를 내는 피아노 연주를 따라가 보시지요.
창밖에서 서서히 다가오는 푸른 새벽처럼, 캄캄한 어둠 속에서 씨앗을 뚫고 온몸으로 흙을 밀어 올리는 새싹 하나의 움직임처럼 그렇게 고요한 변화를 그려내고 있습니다.
오케스트라도 피아노를 숨죽여 따라갑니다. 피아노를 뒤따르며 조용히 합주로 움직임을 그려내지요.
겨울나무를 뚫고 오른 새순 하나, 새벽하늘과 노을, 어둔 밤하늘의 신비를 밝히는 별빛 하나에서도 지극한 신을 느꼈을 영원한 낭만주의자, 모차르트가 음으로 써넣은 시만 같습니다.

3
악장

경쾌하게 피아노가 털고 일어섭니다. 뒤따르는 현악기들과 톡톡톡톡 리듬을 불어넣는 관악기들이 찬미하고 싶은 또 다른 삶의 순간을 보여줍니다.
마치 설레는 소녀의 부푼 마음을 보는 듯 밝고 아름다우면서 약간은 요염한 느낌이에요. 드가의 그림에 나오는 무대 위의 발레리나가 떠오릅니다.
나비처럼 가벼운 흰빛 튀튀를 입고 이제 막 피어나는 가슴이 도드라지는 상의에 붉은 꽃 꽂고 두 팔을 활짝 벌려 관객을 향해 한껏 아름다움을 선사하는 소녀 말입니다.
혹은 서로 사랑하는 청춘들이 눈짓하며 손가락으로 장난이라도 치는 듯 보드랍고 장난스럽고 사랑스럽네요. 그러다 악기들이 드높아질 때는 사랑이 주는 기쁨에 벅차 찬란하게 빛을 뿜어내는 연인들이 떠오릅니다.
모든 악기는 가만히 귀 기울인 채 피아노만이 화려한 선율을 뽐낼 때는 건반 위를 달리는 기다란 손가락이 절정에 오른 발레리나의 팔과 겹쳐집니다. 아름다움을 업으로 삼은 이들, 그들이 조명하는 삶의 한순간들은 이렇게 빛을 발합니다.

에드가르 드가, 〈무대 위의 소녀〉, 1877

나비처럼 가벼운 흰빛 무용복을 입고, 두 팔을 활짝 벌려 우리를 안으려고 하는 소녀가 있다. 부푼 마음, 피어나는 사랑인가. 가슴에 붉은 꽃을 달고 한껏 취해 춤을 추는 소녀가 이 곡의 피아노처럼 반짝인다.

Wolfgang Amadeus
Mozart/
String Quartet
String Quintet
3

현악기들의 사색

모차르트의 현악4중주곡, 현악5중주곡

현악4중주String Quartet는 현악기 4대로만 연주되는 곡을 말합니다. 바이올린 2대에 비올라, 첼로가 합쳐져서 연주하는데, 관현악단보다 규모가 작은 소수의 합주인 실내악의 대표적인 연주 형태입니다. 현악5중주String Quintet는 여기에 비올라가 하나 더 추가된 편성을 말하지요.

모차르트의 현악4중주, 5중주를 들어보면 실내악에 대한 막연한 인상-우아하고 아름다운, 기분전환용 음악이라는-이 깨지게 됩니다. 그의 현악4중주, 5중주는 그림으로 치자면 그린 이의 철학을 담은 문인화이고, 연극으로 치자면 독백에 가까우며 그만큼 사색적입니다.

클래식을 그다지 즐기지 않았던 편이라면 오래 들으면 자칫 지루하다고 느낄 수도 있습니다. 하지만 1부 소나타의 다정한 서정과 2부 교향곡과 피아노 협주곡의 인상적인 강렬함을 충분히 느끼고 난 다음이라면, 이 현악4중주곡들이 내밀하게 걸어오는 이야기를 알아들을 수 있게 될 것입니다.

인생이 ❶ 씁쓸할 때

흑백 무대 위 네 개의 모놀로그
현악5중주 4번 G단조 K.516

모차르트는 모두 7곡의 현악5중주곡을 작곡했습니다. 이 곡과 3번 C장조 곡은 최후의 3대 교향곡과 같은 만년의 작품으로, 그의 만년작들이 갖고 있는 개성과 심오함을 고스란히 갖고 있습니다.

특히 이 곡이 널리 사랑을 받고 있는데 그것은 모차르트의 G단조곡이 갖고 있는 슬픔과 아름다움 때문일 것입니다. 그런 의미에서 이 곡은 교향곡 40번 G단조와 자주 견주어지기도 하고요. 교향곡 40번이 거듭되는 절망과 이에 저항하는 강렬한 정신을 표현하고 있다면, 현악기로만 이루어진 이 곡은 조금 더 연약하면서도 씁쓸한 슬픔을 담고 있습니다. 그러면서도 쉽사리 굴복하지 않는 어떤 것을 끝내 품고 있지요.

악기 편성은 바이올린 두 대와 비올라 두 대, 그리고 첼로로 이루어집니다.

악장

쓸쓸함이 배어드는 선율을 바이올린이 던지고, ♪17초비올라가 받고 ♪47초다시 첼로가 한 번 더 들려주면서 드러내는 주제를 들어겠습니다.

얼굴이 굳어진 채 들어오는 바이올린이 의자에 몸을 깊숙이 파묻으며 생각에 잠기면, 비올라도 같은 표정으로 들어옵니다. 인생의 쓴맛을 뱉어버리지 않고, 가만히 입안에 굴려보며 반추하는 선율. 격노하거나 절망에 빠지거나 울어버리지 않고 그저, 바라봅니다. 이 순간이 내게 주는 의미를 곰곰이 되새기면서.

현악기들이 다 함께 흐느끼는 듯 잠시 격해지다 ♪47초첼로의 중재로 새로운 주제가 들어옵니다. ♪53초이제 바이올린이 몹시 쓰라려하며 자신의 감정을 내놓습니다. 찢겨 나가는 듯 팽팽하고 슬픕니다.

♪1분 23초어서 더 얘기해 보라는 듯 첼로가 톤을 맞추지만, 바이올린은 더 이상 자신의 감정을 쏟아내지 않고 반추하며 마음을 추슬러요. 그리고 이 모든 이야기는 한 사람의 내면 안에서 일어나는 듯 끝없이 반복되며 울려 퍼집니다.

자신과 불화하는 세상, 끝내 비집고 들어갈 수 없었던 세상의 벽 앞에 무릎

꿇지 않고 선 채로 자신을 쏘아보는 사나이 빈센트 반 고흐의 자화상이 떠오릅니다. 가슴 속 이글거리는 정열처럼 타오르는 주홍빛 수염과 가파른 얼굴선. 그 얼굴을 둘러싸고 사방으로 흩어지는 색채의 점들, 화면을 가득 메운 채 닫힌 공간을 끝없이 되울리며, 명멸하는 투쟁인 듯 찍힌 그 점들처럼 현악기 소리가 울려 퍼집니다.
대단히 인상적인 곡, 흑백으로 꾸며진 암울한 무대 위 일인극이 객석을 빨아들이듯, 악기의 내면이 단번에 공간을 빨아들이는 곡입니다.

빈센트 반 고흐, 〈자화상〉, 1886~87
한 사나이가 우리를 쏘아보고 있다. 깡마른 얼굴선이 가파르다. 색채의 점들이 그의 얼굴을 둘러싸고 투쟁처럼 명멸한다. 이 곡의 내적인 투쟁과 닮은 자화상이다.

2

악장

반항하듯 강렬하게 울리는 2악장입니다.

31초, 1분 11초, 1분 53초 이런 식으로 반복되며 바이올린이 여리게 비집고 들어오지만, 섞이기 어려운 두 개의 흐름인 듯 거듭 떠밀려나고……. 그렇게 화합하지 못하는 두 개의 세계는 서로에게 다가설 듯, 그러나 이내 팽팽하게 돌아서면서 노여움과 긴장, 통증을 낳습니다.

3
악장

바이올린과 비올라 그리고 첼로가 흐느끼며 서로를 더듬어 찾듯 울립니다. 빠르기말은 '느리게 하지만 지나치지 않게Adagio ma non tropo'입니다.

♪1분 56초바이올린이 정색하며 "인생의 어느 순간은 왜 이렇게 슬픈 것인가"라고 물으면 ♪2분 2초비올라가 대답하고, 그렇게 오가는 둘 사이의 대화를 다른 악기들이 함께 흐느끼며 감싸 안습니다.

♪2분 47초다시 바이올린이 돌아앉아 창밖을 내다보는 사람처럼 허탈해질 때 이번에는 첼로가 무거운 발걸음 끌며 끄덕이듯 다가섭니다. 어떤 이야기를 떠올릴 수 있을까요. 바이올린과 비올라, 그리고 첼로가 우리 인생을 대신해 이야기하고 있다면 어떤 장면, 어떤 역할을 맡고 있는 것일까요.

모두의 환호를 받으며 커튼콜까지 마쳤지만, 그 환호와 정열이 썰물처럼 빠져나가고 텅 빈 짐승처럼 웅크린 객석을 내려다볼 때나, 늘 쾌활하게 웃으며 주변까지 환하게 빛나게 하던 벗이 불현듯 불귀의 객이 되어 떠나는 것을 바라봐야 할 때, 그런 장면들이 떠오릅니다. 당신도 이와 비슷한 곡절을 몇 가지는 품고 있을 테지요.

그렇게 삶의 가장 절정이라고 믿는 바로 그 순간까지도 바싹 등을 대고 있었던 어둠, 시작이지만 끝이기도 하고 삶이지만 역시 죽음이기도 한 시간, 인간의 근원적 조건을 마주한 사람의 가슴에 강물처럼 휘돌아 흐르는 곡입니다.

악장

통통 현을 튕기는 첼로의 독특한 반주 속에 흐르는 선율, 재즈풍이 떠오르는 현대적인 느낌인데 암울하게 밑으로만 밑으로만 떨어집니다.
하지만 잠시 호흡을 고르더니 ♪3분바이올린의 선창으로 이렇게 가라앉아 있을 수만은 없다며 혼신의 힘을 다해 떠오르네요. 자유롭고 경쾌한 날갯짓은 아니지만, 여전히 존재의 무거움을 떨치지 못한 유감스러운 몸짓이지만, 날갯짓이 가상합니다.
이런 꿈을 꾼 적이 있습니다.
큰 새가 한 마리 날고 있었습니다. 그런데 그 새의 아랫배에 맷돌처럼 무겁게 작은 새가 매달려 있었어요. 날아오르는 법을 잊어버린 작은 새, 날개도 꺾이고 이제는 윤기마저 잃어 부스스해진 깃털로 뒤덮인 작은 몸. 또 다른 자신인 그 작은 새의 무게를 감당하며 창공을 향해 날아오르는 큰 새. 위태위태하여 자칫 추락할 듯 휘청거리지만 제 속의 '비행' 본능, 생명의 충동을 따라 하늘로, 저 위로 날아오르던 그 큰 새 한 마리, 그 꿈이 생각납니다.
이 곡의 바이올린을 들으면, 꿈속의 그 큰 새는 나였고 당신이며, 결국 우리 모두란 생각이 듭니다.

지음知音처럼 섬세한 음악을 원한다면 ❷

그 현에 내 마음을 실어 하염없이
현악4중주 17번 B플랫 장조 K.458 '사냥(The Hunt)'

모차르트가 고향 잘츠부르크의 콜로레도 대주교와 결별하고 빈으로 들어와 자유음악가로서 창작을 하던 6~7년(1781년~1787년. 모차르트의 나이 대략 스물다섯 살부터 서른한 살까지의 시기)을 빈 시대라고 부릅니다. 그 시기는 모차르트의 인생에 있어서 명성의 절정기라고 볼 수 있습니다.
이 시기에 모차르트는 빈에서 자리 잡고 있었던 작곡가인 하이든(당시 나이 53세)과 작곡에 대한 의견을 교환하고 서로에게 배웠습니다. 나이를 뛰어넘어 음악가로서의 깊은 우정을 쌓았던 것이지요.
모차르트와 하이든은 현악4중주를 함께 자주 연주하였는데, 이 시기에 작곡한 6곡의 현악4중주는 직접 하이든에게 헌정하기도 했습니다. 그래서 이 곡들을 묶어 특별히 하이든 4중주라고도 부르기도 합니다. 이들 현악4중주는 한 곡 한 곡이 현악기로 표현할 수 있는 인간 감정을 아주 다양하고도 섬세하게 표현하고 있기 때문에 모차르트의 현악4중주곡 중에서도 특히 손꼽히는 곡들입니다.

이 곡은 하이든 4중주 중에서 네 번째 곡이고, 1악장에서 뿔피리 소리와 비슷한 악상이 있다고 해서 사냥이라는 별칭으로도 불리고 있습니다.

1

악장

유리에 햇살이 들이비치듯 현악기 네 대의 소리가 투명하게 터집니다. 이 악장은 '빠르고 매우 쾌활하게Allegro Vivace Assai'라고 지정되어 있네요.

♪37초바이올린은 갓 볶은 커피 향처럼 부드럽게 마음을 잡아끌고, ♪1분 2초비올라는 허스키 보이스를 가진 소녀처럼 쌉쓰레합니다. ♪1분 4초첼로는 은은하게 온기를 전하는 찻잔처럼 따스하게 가슴 속으로 흘러들지요.

곡이 잠시 잦아지다가 바이올린이 홀 가운데로 나온 여인인 듯 고혹적인 선율을 뽑아내면, 귀 기울이던 나머지 악기들이 반한 사람들처럼 끄덕이며 함께 퉁겨줍니다. 길게 느려졌다가도 금세 박자를 바꾸며 밝게 되돌아오는 곡은 바닷가 모래를 핥는 잔물결처럼 끝없이 출렁거립니다.

곡이 느려지면서 흐름이 바뀝니다. ♪4분 10초바이올린이 무슨 할 이야기가 있다는 듯 잠시 가냘픈 표정으로 나서면, 다른 악기들이 섬세하게 조율해오며 대꾸하지요. 바이올린이 가냘픔과 신선한 활기, 우아함과 톡톡 튀는 매혹, 부드러움과 찡그린 듯한 그늘을 한몸에 모두 품고 흐릅니다.

호소하듯 무거워지는 바이올린을 보며 멈칫멈칫하던 곡이 오래지 않아 다시 투명하게 터지는 도입부 주제로 되돌아갑니다.

현악기가 가진 다양한 떨림, 활기와 가냘픔이라는 대조적인 느낌이 싱싱하게 어우러진 곡입니다.

2 악장

1악장에서 바이올린이 제시한 바 있는 가냘픔과 그늘이 더욱 발전되어 악장 전체에 흐릅니다.
쓸쓸해서 가을 아침의 주렴을 더듬어보는 마음을 닮았습니다.
여름내 햇빛에 영롱하게 반짝이던 구슬이 이제는 열기를 잃은 새벽 공기에 어썬시 쓸쓸히 흔들리고. 비 맞고 우쑬대던 수홍빛 능소화, 내리쬐는 햇볕 아래 보라 노랑으로 피어나던 붓꽃 파초들 이제 다 어디로 갔나요. 여름날 푸르던 빛을 잃어 수척해진 목련 잎, 은행잎들만 지키고 선 빈 뜰아래 더웁던 그 목소리 귓전에 오락가락. 날이 밝고 마당가에 놀러 온 낯익은 새 몇 마리만이 옛 시간 옛 인연 떠올려 들려주니…….

3 악장

나로부터 이만치 멀어져 외따로 앉아 있는 내 혼을 더듬듯, 조심스레 줄을 더듬어 소리를 만드는 외줄기 활, 바이올린. 그리고 웅웅웅웅 되울려 나오는 메아리처럼 저 아래에서 울려나오는 소리, 첼로를 들어보겠습니다.

겁 많은 꿈 꾸다 깨어난 한낮에는 문 열고 내다본 텅 빈 마당가 앞산이 왜 이리 멀어만 보이던지, 그 마음을 닮은 곡을 그 마음을 담은 시와 함께 들어 보시지요.

알지 못할 곳에서 와서 온 마음의 힘을 빼앗아 버리고 뻐근한 울음 삼키게 하는 슬픔, 그 슬픔을 말갛게 들여다보듯 미치게 맑은 햇빛과 바람이 이 시 안에 흐르고 있습니다. 외줄기 활 바이올린과 첼로의 헛헛한 선율처럼 흐르고 있습니다.

맑은 하늘 한복판

박 재 삼

맑은 하늘 한복판

새소리의 무늬도 놓쳐버리고

한 처녀를 사랑할 힘도 잃어버리고

네댓 살짜리 아기의

발 뻗는 투정으로 울고 싶은 나를

천만 뜻밖에도 무기징역을 때려

이만치 떼어놓고

환장할 듯 환장할 듯

햇빛이 흐르나니,

바람이 흐르나니.

악장

빠르면서도 긴장된 바이올린의 흐름에 주목해 보겠습니다.

흩어져 갈등하는 나의 여러 조각을 다시 그러모아 하나의 물줄기로 흐르게 할 수 있을까라고 말하는 듯 소리들이 삐걱대며 갈등합니다. 위로 높이, 앞으로 길게, 밑으로 깊게, 에돌아 아무도 모르는 곳으로, 훌쩍 뛰어넘어 전혀 다른 차원으로 건너가려는 마음의 갈피들처럼 솟아오르고 튕겨 나오는 소리들.

다시 나와의 화해를 시도해 보는 듯, 그러나 쉽지 않은지 비명을 지르듯 곡이 끝나버립니다.

3 반복되는 번민에 갇혀있다고 느낄 때

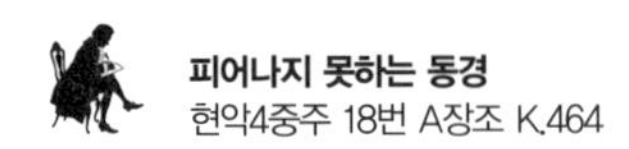

피어나지 못하는 동경
현악4중주 18번 A장조 K.464

1780년대 중반기 이후 모차르트 음악의 항해 경로가 바뀌어갑니다. 1785년 피아노 협주곡 D단조곡(2부 참고)을 발표하면서 감지되기 시작한 이 변화는 개성적이고 심오하며 때로는 낯설고 무거운 경향의 추구라고 압축하여 말할 수 있겠는데요. 그의 이러한 변화는 하이든 4중주를 포함한 그의 후기 실내악곡에서도 분명하게 발견됩니다.

본래 현을 위한 실내악곡은 '친구들의 음악'이라고도 불리는 데서 알 수 있듯 친밀하고 사교적인 음악이었습니다. 그런 실내악곡에 개성적이고도 진지한 사색을 불어넣어 표현력을 확장한 것은 모차르트의 공이라고 말할 수 있습니다.

하이든 4중주곡 중 다섯 번째 곡인 이 곡은 베토벤이 특히 좋아했다고 전해집니다. 이 곡에 감탄한 나머지 손수 마지막 악장을 그려 넣기도 했다는군요.

채 피어나지 못하고 가슴 속에서만 맴도는 감정을 표현한 듯, 바이올린과 비올라와 첼로가 서로의 소리를 밀어내면서 만들어내는 독특한 음악적 공간으로 들어가 보겠습니다.

1 악장

비틀거리듯 조화되지 않는 화음으로 나타나는 바이올린과 ♪14초역시 예민하고 불안한 음성으로 들어오는 첼로와 비올라에 주목해 보세요. 쓰라린 듯 초조한 듯 불안한 내면이 긴장을 늦추지 못하고 예리하게 떠돕니다.

바이올린과 비올라, 첼로도 각각 서로에게 소리를 던질 뿐, 어루만지거나 끌어안지 않고 서로를 계속해서 밀어냅니다. 이 밀어냄은 자신 안에서 강하게 열망하는 무언가를 억눌러야만 하는 사람의 내면을 연상시킵니다. 그가 열망하는 것은 무엇일까요.

♪1분 18초비명을 지르듯 바이올린이 솟아올라도 여전히 악기들은 서로를 단절시킨 채 각자의 소리를 내놓을 뿐입니다. 그렇게 제각기 흩어지던 소리들이 어떤 결말도 보지 못하고 괴로움을 뱉어내며 1악장이 끝납니다.

2 악장

1악장에서 내던져진 질문을 이어받듯 2악장에서도 곡의 분위기는 달라지지 않습니다. 한층 더 깊숙이 내려가지요. 이 악장에서는 바이올린이 독백을 많이 내놓습니다. 그가 이토록 고뇌하고 있는 것의 정체는 무엇일까요?

세상과 완벽한 소통을 원하지만 들어갈 수 없습니다. 바이올린이 닫힌 문밖에 선 사람처럼 고통스러워하며 신음을 툭툭툭툭 토해냅니다♪7초.

손을 가만히 잡는 것만으로도 가득해지는 사랑을 품고 싶습니다. 우는 듯 찾는 듯 낮게 바이올린이 흐르지요♪38초. 그럴 때는 첼로도 그렇다는 듯 함께 울립니다.

태양을 향해 완벽히 헌신하고 싶은데 어느 자리의 어느 빛 별이 될까 알지 못합니다. 떠도는 듯, 열망하는 듯, 억누르는 듯 긴장된 선율이 그렇게 말해요♪1분 30초.

아름다운 하늘을 소망하며 둥글게 꿈틀거리지만, 하늘로부터 완벽히 분리된 채 지붕들 가득한 마을에 저 혼자 내려진 빈센트 반 고흐. 그 사람의 영혼인 듯 말하고 있습니다.

피기를 억제당해 웅크린 내면의 꽃봉오리가 바이올린을 팽팽히 잡아당기며 찢어놓는 곡. 듣는 사람의 가슴 깊숙한 곳에 숨어 흐르는 열망과 불안을 헤집어 놓는 곡입니다.

'용서받지 못했던 날의 잘못' 때문에 마음이 '이마의 못처럼 아픈' 시인에겐 봄꽃들도 '푸른 회초리 같은 가지' 위에서 떨며 피고 새소리도 '자지러'지겠지요. 근심과 불안으로 팽팽해진 시의 리듬을 이 곡의 선율에 얹어 들어보겠습니다.

높은 나무 흰 꽃들의 燈

이 성 복

근심으로 가는 짧은 길에 노란 꽃들이 푸른 회초리 같은 가지 위에 떨고, 높은 나무 흰 꽃들이 燈을 세운다. 어디로 가도 무서운 길의 어느 입구에도 흰 꽃들의 燈이 자꾸 떨어지고, 갈수록 어둠 한쪽 켠은 환하고 편하고, 병풍처럼 열리는 숲의 한가운데서 오래 전 새소리 자지러진다.

—용서받지 못했던 날의 잘못이
이마의 못처럼 아프다

아이들아,
우리 살던 날들의 웃음을
다시 웃는 너희 얼굴에
수줍은 우리, 그림자 진다

3 악장

바이올린이 낮은음으로 앞으로 나아갑니다. 저기 보이는 희미한 출구. 조심스럽게 더듬어보다 문을 열고 나서네요. 갇힌 채 무한 반복되던 번민에서 빠져나갈 출구, 완벽한 소통 속으로 들어갈 입구를 드디어 찾은 것일까요?

그러나 문을 열고 나선 곳에는 가득히 밀려든 안개♪46초. 희미하게 보이는 길을 따라 멈칫멈칫 걸어 내려갑니다. 안개 너머, 이 길 너머 만날 그 사람을 그려보며 더듬더듬 내려갑니다. 끝을 잡고 따라 나가면 동굴 밖으로 벗어날 수 있다는 아리아드네의 실처럼, 첼로가 당겨주는 줄을 따라 바이올린이 더듬어 내려갑니다. 1, 2악장에서 그렇게 불화하며 서로를 밀어내던 이 세계와 바이올린이 화해할 수 있을까요?

곡의 꼭 절반에 이르면♪7분 4초 분위기가 완전히 전환됩니다. 만날 듯 화해할 듯하던 선율은 이제 1, 2악장의 예리한 고통과 불안 속으로 다시 빠져들어 버리지요.

완벽한 소통, 충만한 사랑, 몰아의 헌신은 이렇게도 이루기 어려운 소망이라는 듯, 첼로를 주도로 한 선율이 깊숙이 가라앉습니다. 바이올린도 첼로와 함께 어둡게 가라앉거나 이따금 비명을 지르듯 날카롭게 솟아오르고요.

마지막 1분을 남겨놓고 되돌아오는 도입부 선율이 그래도 놓을 수 없는 한 줄기 희망, 동굴 밖에서 기다리는 아리아드네를 기억하고 있습니다.

4 악장

예민하게 당겨지는 바이올린과 무겁게 깔리는 첼로가 사색적으로 들립니다. 빠르게 음들이 몰려올 때도 뭔가 팽팽하게 불안해하는 듯 들립니다.
이따금 바이올린이 무거운 생각을 털어버리듯 가볍게 솟아오를 때면 애써 희망을 찾아낸 듯합니다. 짧은 삽화들이 중첩되는 것처럼 느껴지면서 1악장, 2악장의 번민과 3악장의 가냘픈 희망을 되짚어 들려줍니다.
번민에서 가냘픈 희망으로 아슬아슬하게 오가다가 곡의 종반♪4분 40초에 이르러서야 바이올린과 첼로가 숨을 내쉬며 편안해집니다.

불안한 심리를 달래줄 음악을 찾는다면 4

날카로운 불안과 발랄함의 대립
현악4중주 19번 C장조 K.465 '불협화음(Dissonance)'

하이든에게 헌정된 6개 4중주곡 중에 마지막 곡으로 당시로서는 보기 드문 불협화음을 자주 사용한 데서 이 같은 이름이 붙었다고 합니다. 지금 듣기에도 과감할 정도로 음산한 음조가 두드러진데 당시로서는 더 말할 것 없이 낯설게 다가왔겠지요?
고전주의 화성에서는 불협화음을 안정적인 협화음으로 해결해주는 것이 필수적인데, 모차르트는 선구적이게도 불협화음을 의도적으로 사용하여 특유의 모험과 파격을 보여준 것입니다. 이것은 1780년대 중반기 이후 모차르트의 음악에 두드러지게 나타난 변화의 특징적인 모습이기도 합니다.
1악장 Adagio의 불안, 2악장의 외로움, 3악장과 4악장의 변화무쌍한 침울함에 귀 기울여 보겠습니다.

1:
악장

잠복기의 질병처럼 서서히, 그러나 분명하게 엄습해 드는 불안 같은 시작입니다. 잠 못 드는 이의 예민해진 신경처럼, 가냘프면서도 팽팽한 바이올린과 이제라도 끊길 듯 동강 난 채로 들어오는 첼로를 들어보시지요. 당신이 인식하지 못하는, 바로 당신의 발밑에서 거칠게 꿈틀대고 있는, 생의 저 근원적인 불안을 만나보라는 듯 조여 옵니다.

♪1분 33초그러나 잠시 후, 전혀 새롭게 날아오르는 바이올린이 새로운 주제를 제시합니다. 불완전 위에서 그것을 껴안고도 거듭 날아오르는 게 삶이라고 노래합니다. 빠르고 발랄해진 선율은 이제 다정한 연인들처럼, 아주 가까운 친구들처럼 서로를 감싸며 행복하게 서로에게 섞여듭니다. 명징하면서도 다정하게 울리는 바이올린과 씁쓸한 음색의 비올라, 친근하면서도 재치 있게 울리는 첼로가 그렇게 들립니다.

행복하게 사랑을 주고받던 네 악기가 더 마음을 내 주는 것을 망설이고 서로 줄다리기하는 것 같은 대목도 있네요♪4분 13초. 간간이 툭툭툭 끊기면서 느려지는 선율이 투정을 부리는 것도 같고 첼로는 토라진 여인처럼 퉁퉁퉁 출렁거립니다. ♪5분 16초하지만 사랑하는 것이 우리의 일이라는 듯, 오래지 않아 서로에게 다시 행복하게 안깁니다.

2 악장

첼로의 이야기에 특별히 더 귀를 기울여야 하는 악장입니다. 이 악장의 나타냄말은 '걸음걸이 정도의 빠르기로 그렇지만 노래하듯이Andante cantabile'네요.
네 악기가 한목소리로 누군가를 부르는 것 같습니다.
넷이서 한목소리로 불러보는 태양. 수평선 너머로 태양이 사라지는 바닷가에서, 네 악기가 둥그렇게 서, 제 마음들 속의 태양을 부르고 있습니다. ♪44초
첼로가 앞으로 나오며 자신이 잃어버린 것, 찾고 있는 것에 대해 이야기합니다. 바이올린이 물어주듯 첼로에게 선율을 건네고 첼로는 슬픈 표정으로 서성이지요. 잠시 정적…….
♪1분 30초이제 첼로는 햇빛도 들지 않는 심해에 가라앉아 웅크리고 돌아누운 사람처럼 속으로 웁니다. 길게 이어지지는 않지만 듣는 이의 심장을 헤집고 들어오는 깊은 외로움. 다른 악기들도 모두 놀란 듯 조심스레 이어지며 첼로를 어루만지려 애씁니다. 독백 같았던 첼로의 울음이 이제는 다른 악기들과 섞여들며 간간이 토해지고, 바이올린과 비올라가 같이 떨며 마음을 실어 소리를 내놓습니다.
♪4분 30초다시 한 번 바닥에 가라앉아 몸을 뒤채며 홀로 신음하는 첼로를 듣습

니다. 그를 건져 올리는 바이올린의 애달픈 선율, 비올라가 내놓는 쓸쓸함이 이제 어우러지면서 모든 악기가 바닷가에 둘러앉아 젖은 몸을 바람에 말리는 시간이 나옵니다.
바이올린이 마지막으로 짙은 한숨을 토해낼 때 이 슬프고 쓸쓸하며 아름답기 그지없는 곡은 공중으로 흩어집니다.

3 악장

새끼 고양이들이 뒤엉켜 노는 장면이 떠오릅니다. 날카로운 듯 고음을 내면서도 장난스러운 선율이, 카랑카랑하게 털을 세우고 짐짓 화를 내는 새끼 고양이들 같고, 첼로가 낮은 소리로 율동할 때면 가르릉거리며 장난치는 것 같습니다.

♪2분 9초곡의 표정이 잠시 바뀌며 장난을 거두고 자못 심각해집니다. 무슨 일이 생긴 걸까요. 농담 속에 감춰두었던 근심 같습니다. 활이 빨라지면서 곡의 느낌은 팽팽해지고 불안해집니다. 다시 도입부 주제 선율로 돌아가지만 이 근심은 4악장에 이어 다시 나타납니다.

4 악장

바이올린의 주도로 네 악기가 발랄하게 웃으며 들어옵니다. 하지만 근심을 감춰둔 채 짐짓 꾸민 장난이었던 듯, 그 잠깐의 발랄함을 부수고 침울함과 불안이 거듭 밀려들어 옵니다.

바이올린은 자꾸 발을 경쾌하게 놀리며 가볍게 춤추려고 하지만 다른 악기들의 대답은 여전히 퉁명스럽고 침울합니다. 달래듯 부드럽게 말을 걸어도, 경쾌하게 털고 일어서며 분위기를 바꿔 보려고 해도 소용없이 대답은 불안하고 퉁명스럽습니다. 그렇게 서로 다른 색깔의 소리를 주고받던 악기들은 끝내 화해하지 못합니다.

툭툭 털고 가벼워지고 싶은 소망과 그 소망을 침범하고 들어오는 침울함이 팽팽하게 직조되어 만들어지는 이 옷은 훌쩍 도약하지 못하는 존재의 울울함을 드러내고 가려줍니다.

마르고, 외롭고, 추운 자리만을 골라 '나의 본적'이라 지칭하는 시인의 마음이 되어 보시지요. 보드랍고 다정하고 따순 세계와 격절된 다음 시의 마음이 되어 서로를 밀어내는 이 곡의 악기들을 이해해 보겠습니다.

나의 본적

김종삼

나의 본적은 늦가을 햇볕 쪼이는 마른 잎이다. 밟으면 깨어지는 소리가 난다.

나의 본적은 거대한 계곡이다

나무 잎새다.

나의 본적은 푸른 눈을 가진 한 여인의 영원히 맑은 거울이다.

나의 본적은 차원을 넘어 다니지 못하는 독수리다.

나의 본적은

몇 사람밖에 안 되는 고장

겨울이 온 교회당 한 모퉁이다.

나의 본적은 인류의 짚신이고 맨발이다.

가슴 아픈 사랑을 하고 있다면 ⑤

현악기들이 그리는 사랑의 네 가지 풍경
모차르트 현악5중주 3번 C장조 K.515

3부 첫 곡으로 다룬 현악5중주 4번 G단조 K. 516(3부 참고)과 흔히 같이 비교되곤 하는 곡입니다. 작곡 시기가 비슷하고 조성도 같다 하여 이 곡은 교향곡 41번 G장조 곡에, 현악5중주 4번 G단조곡은 교향곡 40번 G단조곡에 대비됩니다.

다섯 현악기가 이야기를 던지기도 하고, 적극적으로 메아리쳐주기도 하고, 대답 대신 새로운 주제를 내놓기도 하면서 대화하듯 전개되는 그의 현악5중주는 분명 실내악의 정점을 이룩하고 있습니다. 특히 그는 현악4중주에 비올라를 추가해 중간 음역을 풍부하게 하였는데 사실 비올라는 모차르트가 가장 좋아하는 악기이기도 했습니다. 비올라의 우울하고 괴로운 음색은 이 곡의 표현력을 매우 풍부하게 해 주고 있습니다.

"Violet?"하고 첼로가 부르면 바이올린이 가볍게 떨며 대답합니다.

"그동안 잘 지냈어요?"

"당신 없이 내가 어떻게 잘 지낼 수 있었을까……."

이런 말들을 주고받는 것 같기도 하고 더러는 속으로 삼키는 것 같기도 합니다. 두 악기 사이의 설렘과 떨림이 그대로 전해집니다.

♪34초 이번에는 바이올린이 첼로의 선율을 그대로 받아서 묻고, 이제는 첼로가 바이올린이 되어 대답을 하지요. 바이올린에게는 미처 드러내지 못했던 마음을 절제하며, 마음 저 깊숙한 곳에 가라앉힙니다. 바이올린이 그런 첼로를 부드럽게 감싸며 돕니다.

♪1분 26초 격정적으로 끓어오르는 바이올린을 네 대의 현악기가 이해해주며 함께 춤을 추다 다시 첫머리의 부르고 답하는 모티브로 돌아가 잠시 머무릅니다.

♪1분 56초 첼로는 이제 비로소 그 낮은 목소리로

"나도 당신이 그리웠어요, 몹시……."라고 말하며 바이올린의 여린 손을 가만히 잡는 것 같습니다.

이제 바이올린이 주도하는 선율이 나옵니다. 그네 마음속의 열정, 열정대로 일 수만은 없는 슬픔, 새로운 존재로 도약하고 싶은 동경이 차례로 소리를 타고 펼쳐지는 것 같습니다.

2 악장

가벼운 망설임을 안고 바이올린이 들어옵니다. 비올라와 첼로가 무슨 일이냐고 묻듯 끼어들고, 비올라와 바이올린이 함께 넋두리하듯 주고받습니다.

♪40초이제 긴장처럼 통증처럼 바이올린의 선율이 당겨집니다.

♪2분 13초하지만 함께 즐겁게 노닐고 싶은 듯 비올라와 바이올린이 잠시 어울리며 극적으로 전환됩니다. 가볍게 계단을 오르듯 경쾌하게 바이올린이 오르면, 날아 내리듯 비올라가 내려가고……. 하지만 이내 바이올린이 갖고 있던 긴장과 통증이 그 가벼움을 지우고 들어오지요. 첼로도 덩달아 무겁게 울립니다. 그렇게 망설임–통증–경쾌함–통증이 반복되며 이질적인 주제들이 짤막하게 제시되는 2악장입니다.

3

악장

애잔하게 누구를 부르듯 등장하는 바이올린과 그 뒤를 따르는 비올라, 나직나직이 받쳐주는 첼로를 듣습니다.

♪1분 더욱 짙어지는 바이올린의 쓸쓸함과 첼로의 우수가 국화꽃 향기처럼 깊숙이, 깊숙이 깔립니다. 찬바람 부는 가을 거리를 걷다 불현듯 폐부를 찌르고 들어오는 그 향기처럼 선연합니다. 갑자기 갈 길이라도 잃었나 황망해진 가슴에 낮게 스며듭니다.

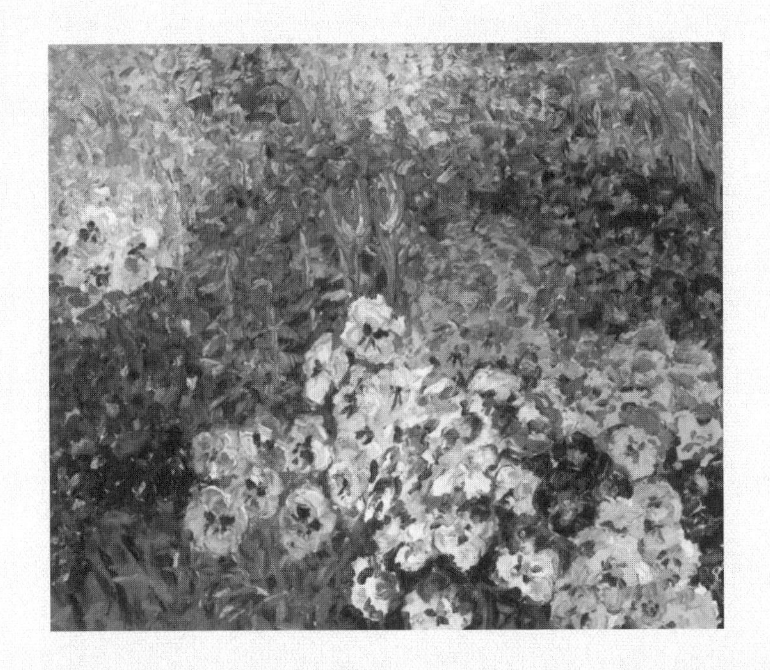

에밀 놀데, 〈꽃밭〉, 1908

꽃밭 가운데에 두 연인이 서로를 바라보며 서 있다. 화려하고 다양한 원색의 꽃들로 강조된 화폭에 숨겨지듯 그려져서인지 밀어를 속삭이는 것처럼 들린다. 화가의 손끝은 노랑, 다홍, 주황, 적색, 보랏빛 꽃 무더기들의 아름다움을 대담하게 표현하면서, 동시에 사랑의 환희, 망설임, 정열, 그리움을 드러내고 싶었을 것이다.

4 악장

재치있게 출렁거리는 4악장입니다. 바이올린이 여기저기 돌아다니며 비올라와 첼로를 톡톡톡톡 치며 장난을 겁니다. 비올라와 첼로는 그때마다 기꺼이 파트너가 되어 때로는 가볍고 경쾌하게, 절정에 오른 듯 이따금 빠르고 격렬하게 무드를 바꾸어 가며 함께 춥니다.
발랄하고 활력 넘치는 아가씨가 짝을 바꿔가며 포크댄스를 추는 듯 빙그르르 도는 모습, 가벼운 웃음, 즐거운 눈짓, 두근거리는 숨소리 등이 떠오릅니다.

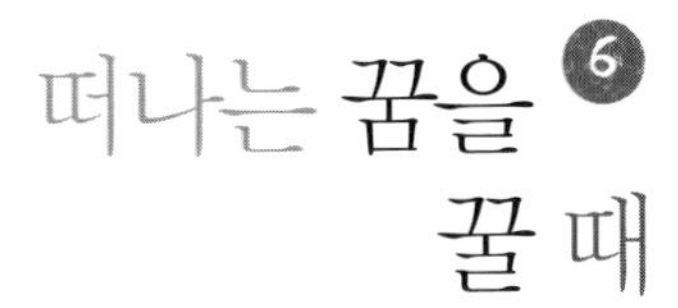

6 떠나는 꿈을 꿀 때

방랑자, 그대 바이올린
현악4중주 21번 D장조 K.575 '프로이센(Preussen)'

모차르트의 마지막 현악4중주 세 곡(K.575, K.589, K.590)은 프러시아의 왕 프리드리히 2세의 의뢰로 작곡되었고, 모차르트가 생전에 그에게 헌정했기 때문에 보통 곡 뒤에 프로이센Preussen이라는 부제가 붙습니다. 프리드리히 2세는 대단한 음악애호가였고, 그 자신이 뛰어난 첼로 연주자였다고 합니다. 그래서인지 이 곡에는 첼로 부분이 도드라집니다.

1790년은 모차르트가 죽기 바로 한 해 전인 34세 때입니다. 오스트리아의 황제가 레오폴트 2세로 교체되면서 모차르트는 궁정의 악장 자리를 얻을 수 있기를 희망했으나 그냥 예전 직위에 머무르게 됩니다. 아내 콘스탄체는 건강 문제로 계속 온천을 돌아다니면서 치료를 받아야 했고, 자식도 셋이나 잃는 슬픔을 겪습니다. 모차르트는 그 자신의 건강도 악화되고 빚더미 위에 올라앉아 있으면서도 대량 소비될 수 있는 쉬운 음악을 쓰기를 거부했어요.

현실의 문제와 상관없이 음악에 관한 한 그의 능력은 최고조에 달해 있었습니다.

만년의 모차르트 곡의 심오한 아름다움을 흠씬 느껴보시겠습니다.

1 악장

떠나갑니다. 손을 흔들며, 두 줄기 철길이 놓아주는 길 따라, 바람이 불어오는 곳으로. 남겨지는 이의 에이는 마음 뒤로 하고 설렘을 품고 떠나갑니다.
바이올린 소리는 어서 가자고 재촉하는 기관실 연기처럼 드높고 빠르지요. ♪14초비올라는 완전히 새로운 땅으로 향하는 가벼운 근심처럼 안으로 휘감아 들고 첼로는♪37초 이따금 무거운 불안을 드리웁니다.

2

악장

벌판처럼 나직하고 기다란 선율이 지평선 밑으로 사라져가는 듯, 안타까이 흐릅니다.

만주 넓은 들판, 끝도 가도 없다는 그 벌판 먼지 길을 달리는 기차 안에서 지는 해를 내다보면 이런 마음일까요.

♪1분 문득 바이올린이 서글프게 솟아오르며 살아 있는 모든 것들이 죽어 돌아가는 자리, 사랑하는 모든 이들이 언젠가는 헤어지는 이치를 되새깁니다. 텅 비어버린 듯 저린 가슴으로 덜컹덜컹 흔들리며 차창을 내다보는 바이올린에게, 첼로♪1분 39초가 아주 멀리서 고개를 끄덕이네요. 그렇다고, 괜찮다고, 네게 어깨를 빌려 주고 싶다고.

3 악장

소리들이 조화를 거부하고 툭툭 튕겨 나옵니다. 내적인 갈등이 두드러지는 악장입니다.

어디에서 떠나왔는지, 어디로 가고 싶었는지 기억나질 않습니다. 길 위에서 길을 잃어버리고 다가왔다 멀어져 가는 인파 속에 이방인으로 남아 낯선 도시를 망연히 건네요.

두고 온 이에 대한 마음인지 그리움에 바이올린이♪2분 31초 잠시 흔들리고 비올라♪2분 57초가 다가서면, 첼로도 둥둥둥 함께 울어줍니다.

4

악장

공허와 울적함을 털어버리고 가볍게 춤춥니다. 무엇을 떠올릴 수 있으신가요? 곡 전체에 흐르는 방랑의 이미지를 이어간다면 어떤 상상을 할 수 있을까요. 방랑의 종착지라 할 4악장이 내린 곳은 어디라면 적당할까요.

대륙을 횡단하여 달리나 내린 이곳은 남프랑스의 바닷가 니스. 르누아르와 마티스, 샤갈이 그림을 그리며 오래 머물렀던 곳입니다. 푸르디푸른 바다와 부서질 듯 쏟아져 내리는 햇빛에 생명의 충동이 이글이글 끓어 넘치는 곳입니다. 이곳에서 방랑자는, 또 다른 르누아르 또 다른 마티스, 또 다른 '나'를 만납니다.

바다 위에 배를 띄우고 아름다운 연인들 사이에서 음악과 함께 웃고 즐기는 나(그림1), 저녁 바닷바람 부드럽게 불어오는 거리에서 가볍게 춤추는 나(그림2), 터질 듯 생명으로 충만한 여름 별 아래 피어난 꽃들을 가슴에 담는 나(그림3)를 만나 소생합니다.

그림1
오귀스트 르누아르,
〈뱃놀이 점심〉,
1881

그림2
오귀스트 르누아르,
〈물랭 드 라 갈래트의 무도회〉,
1876

그림3
오귀스트 르누아르
〈아르장퇴유에 있는 자신의
정원에서 그림을 그리는 모네〉
1875

Wolfgang Amadeus
Mozart/
Violin Concerto
Clarinet Concerto
4

바이올린과 클라리넷의 풍부한 서정

바이올린 협주곡, 클라리넷 협주곡

바이올린을 독주 악기로 내세우고, 오케스트라가 협연하는 형태의 곡을 바이올린 협주곡Violin Concerto이라고 부릅니다. 클라리넷이 독주 악기로 나오면 클라리넷 협주곡Clarinet Concerto이라 부르고요.

모차르트의 협주곡은 독주 악기와 오케스트라가 대등하게 대화하면서 드라마틱하게 전개된다는 점에서 특별합니다. 마치 오페라에서 각기 다른 성격의 등장인물들이 갈등하며 극을 전개하듯, 독주 악기와 오케스트라가 대등한 관계로 일정한 감정과 대화를 주고받으며 곡을 전개하고 있다고 생각하면 감상이 쉬워집니다. 이 점은 모차르트가 오페라 작곡에 많은 공을 들인 작곡가였다는 점을 생각하면 이해가 쉬우실 것입니다.

모차르트는 1775년 그의 나이 19세 때 다섯 편의 바이올린 협주곡 중 뒤의 네 곡을 썼습니다. 그래서인지 그의 바이올린 협주곡들은 명랑하면서도 우아한 느낌이 주조를 띱니다.

《어린 왕자》의 감동을 되살리고 싶을 때 1

사막별 두 방랑자, 어린 왕자와 나
바이올린과 비올라를 위한 협주 교향곡 E플랫 장조 K.364

이 곡은 바이올린과 비올라가 함께 독주 악기로 내세워지고, 오케스트라가 협연하는 형태의 곡입니다. 그래서 곡의 이름도 협주 교향곡Sinfonia concertante입니다. 작곡 연대는 5개 바이올린 협주곡보다 훨씬 나중이고, 곡의 느낌도 조금 더 내면적이고 고백적입니다.

이 곡은 독주 악기가 둘이기 때문에 주연이 두 명인 연극을 감상한다고 생각하고, 두 악기가 어떤 역을 맡으면 좋을까, 자신이 좋아하는 연극이나 문학 작품 속의 주인공을 대입하며 들어보면 더욱 깊이 들을 수 있습니다.

부르고 대답하는지, 한쪽이 던지는 주제에 다른 쪽이 대항하면서 갈등하는지, 같은 노래를 동시에 부르는지 두 독주 악기가 내는 소리의 생각에 주목하면서 들어보도록 하겠습니다.

악장

무언가 새로운 것의 탄생을 축복하는 것 같은 오케스트라의 합주로 시작됩니다. 햇빛 받아 일렁이는 수천 개의 비늘처럼 현악기들이 반짝거리며 긴장하고, 그 소리를 받아 오케스트라가 두 주인공을 불러내려 점점 고조됩니다.

절정에 올랐다가 우아하게 내리면, ♪1분 11초호른과 오보에가 소리를 주고받으며 환하게 부르고, 오케스트라는 다시 고조됩니다. 오케스트라가 가만히 내려오면 다시 웅웅웅웅 긴장하는 현악기들. 그 소리를 헤치고 어린 왕자, 바이올린이 여리고 순수한 모습을 드러냅니다.

"내게는 두고 온 장미 한 송이가 있어요." ♪2분 15초

바이올린이 말하니 비올라가 바이올린의 세계에 조율하며 가만히 함께 읊조리네요. ♪2분 38초

"나는 보아뱀 그림 한 장을 가슴에 품고 다녔어. 그런데 그게 무엇인지 알아보는 사람이 하나도 없었다."

비올라의 대답입니다. ♪3분 6초

두 개의 활화산과 한 개의 사화산, 그리고 장미 한 그루가 있는 자그만 자기 별을 몹시 사랑했지만, 커다랗고 완전한 태양을 볼 때면 어쩔 수 없이 초라

해지고 슬펐던 어린 왕자. 이제 그가 자기가 두고 떠나온 세계에 대해 하나 하나 이야기를 꺼냅니다.
바이올린(어린 왕자)이 선율을 제시하고 비올라('나')가 받아 안으며 이어지는 두 악기의 대화는 쓸쓸하면서도 밀도 있게 전개됩니다. 두 존재가 만나 각자의 내면에 깊숙이 웅크리고 있던 비밀스러운 슬픔이 이제 막 태어나고 있어요. 이들의 만남과 사랑, 치유를 더블베이스의 화려한 저음, 관악기들의 부드러운 소리, 협주 바이올린들의 다채로운 선율이 받쳐주며 증폭합니다.

수선화, 가슴검은도요새, 산 그림자, 종소리까지 모든 외로운 것들에게 말을 거는 이 시, 그리하여 외로운 것들끼리 가슴 부비며 슬픔을 견디게 하는 이 시를 보며 사막에서 어린 왕자를 만난 '나'를 떠올려 보았습니다. 내가 안아 주어야 할 어린 왕자를 떠올려 보았습니다.

수선화에게

정호승

울지 마라
외로우니까 사람이다
살아간다는 것은 외로움을 견디는 일이다
공연히 오지 않는 전화를 기다리지 마라
눈이 오면 눈길을 걸어가고
비가 오면 빗길을 걸어가라
갈대숲에서 가슴검은도요새도 너를 보고 있다
가끔은 하느님도 외로워서 눈물을 흘리신다
새들이 나뭇가지에 앉아 있는 것도 외로움 때문이고
네가 물가에 앉아 있는 것도 외로움 때문이다
산 그림자도 외로워서 하루에 한 번씩 마을로 내려온다
종소리도 외로워서 울려 퍼진다

2 악장

열은 안개가 피어오르듯 오케스트라가 서서히 무겁게 감겨듭니다. 그 안개 속으로 걸어 들어오는 불빛인 듯 바이올린이 서성이며 깜빡여요♪35초. 지친 것도 같고, 누군가를 찾는 것도 같은 소리. 조금 더 흐린 빛인 듯, 한 옥타브 낮게 흐르는 또 하나의 불빛은 비올라입니다♪1분 10초.
방황하는 비올라('나')에게로 홀연히 찾아든 바이올린, 둘 사이의 대화를 드러내면서도 가려주듯 안개처럼 오케스트라가 주위를 흐릅니다.
저 가녀린 바이올린 소리는 삶의 여로에 불시착한 '나'에게 홀연히 찾아든 어린 왕자입니다. 메말라 뚫고 들어갈 자리 하나 없이 무감동한 사막을, 노란 스카프 펄럭이며 터덕터덕 걷던 어린 왕자가 문득 '나'에게로 와 "저기…… 나 양 한 마리만 그려 줘."라고 부탁한 것이지요.
나와 어린 왕자의 주위에는 모래알처럼 손에 잡히지 않는 공간, 거기 그렇게 흐르고는 있으나 기댈 무엇 하나 없는 삶의 사막이 펼쳐져 있습니다. 우리 모두에게 하나쯤은 있는, 휑하니 비어버린 마음의 자리, 차마 달랠 길 없는 쓸쓸함의 시간이.
♪4분 31초바이올린이 나는 삶의 의미였던 누군가를 잃어버렸노라고 이야기합니다. 그래서 이렇게 안개 속에 갇혀 서성이고 있노라고, 너무 오랜 시간 서

성여 무엇을 잃어버렸는지, 누구를 찾고 싶은 것인지조차 생각이 나지 않노라고. 그저 쓰라리게 가슴을 훑어내리는 쓸쓸함만이 익숙한 옷처럼 나를 감싸노라고…….

사막별 두 방랑자, 어린 왕자와 '나'는 그렇게 만났습니다.

3

악장

숫구쳐 오르는 3악장입니다.

한결 가벼워진 현악기들과 마음 놓고 밝은 얼굴로 부드럽게 부르는 관악기들, 한마음으로 밝게 날아오르는 오케스트라를 들어보세요. 그들을 뒤에 거느리고 독주 바이올린이 기쁨으로 출렁입니다♪1분 2초. 그 선율을 비올라는 고스란히 받아 안지요♪1분 15초.

'나'는 어딘가에 있을지 모를 우물을 찾아 밤 내 사막을 걷고 있었습니다.

"별들이 아름다운 건, 눈에 보이지 않는 한 송이 꽃 때문이야……. 사막은 아름다워……. 사막이 아름다운 건 어딘가에 샘을 감추고 있기 때문이야……."라는 말을 끝으로 잠든, 지극히 아름다워 금방이라도 스러질 것 같은 어린 왕자를 품에 안고, 어딘가에 숨겨져 있을 삶의 구원을 찾아 밤 내 사막을 걸었던 것입니다.

그런 둘에게 청명한 우물이 나타나 주기라도 한 듯이 지금 비올라는 기쁨으로 출렁이고 있습니다♪3분 9초. 천천히 도르래를 감아올려 두레박에 담긴 우물물을 함께 나누어 마셨고, 이제 이 도르래 소리로 이 우물은 음악처럼 노래하게 되었다는 듯.

노래하는 우물을 품은 지구니 더 이상 지구는 사막별이기만 한 게 아니라는 듯. 이제 용기 있게 여행할 수 있을 것 같다는 듯 바이올린, 비올라, 오케스트라는 기뻐 출렁거리고 있습니다.

해 지는 걸 바라보며 ❷
눈물짓고 싶을 때

꼭 그만큼의 그늘과 빛, 고통스런 질문과 유희
클라리넷5중주 A장조 K.581

이 곡은 클라리넷이 현악4중주의 협연을 받아 연주하는 형태입니다. 모차르트가 빈의 유명한 클라리넷 연주자이자 절친한 친구였던 안톤 슈다들러를 위해 쓴 작품이라 부제로 슈타들러Stadler가 붙기도 합니다.
클라리넷의 음역을 폭넓게 사용하고 표현력을 확대해서 클라리넷을 당당히 독주 악기로 끌어올린 작품이라고 평가받고 있습니다. 목가적인 평화로움과 삶의 애수가 절묘하게 어우러져 매우 아름다운 작품입니다. 높고 낮은 파고를 그리며 출렁이는 물결과도 같은 줄들의 떨림을 떠올리면서, 거기에 클라리넷이 어떤 이야기를 더해 오는가를 그려보면서 들어 보겠습니다.

악장

섬세한 무늬를 띠며 가늘게 떠오르는 두 대의 바이올린과 낮게 울리는 한 대의 비올라를 들어 봅니다. 굵게 떨리는 첼로는 이따금 두우웅 울리기도 하고 퉁퉁퉁 퉁기면서 꿈결 같은 공간을 불어넣네요. 이 네 대의 현악기가 어우러져 만들어내는 풍경은, 새잎 돋아 청신하게 물오른 버드나무가 살랑살랑 흔들리는 물가입니다.

♪29초여기에 클라리넷이 더해질 때 사람이 하나 더 그려집니다. 나무와 바람과 물살의 이야기에 가만히 귀 기울이는 사람 하나가 더 그려지는 것입니다. 현악기가 긴 선이라면 관악기는 물방울처럼 방울방울 떨어졌다 이내 퍼져가는 동그란 원의 느낌입니다.

♪1분 21초부드러우며 낭만적인 클라리넷이 더해질 때, 현악기들의 4중주는 더욱 따뜻해지면서 표정이 풍부해집니다. 아무도 없이 바람, 물결, 나뭇가지만이 조용히 흔들리던 물가에 산책 나온 연인이라도 더해진 것처럼, 풍경은 다정한 꿈, 주고받는 속삭임으로 더욱 완전해집니다.

그러나 봄빛이 너무 찬란하여서였을까? 꿈꾸는 듯한 낭만 뒤에 숨어 있는 삶의 우수가 곡의 후반으로 갈수록 넓어져 가네요. ♪1분 54초마치 조용히 흔들리는 나뭇가지들 사이로 언뜻언뜻 내비치던 그늘이, 이우는 햇빛 따라 길어져 가듯…….

♪3분 33초비올라의 씁쓸한 음색, 아픈 마음처럼 둥둥 현을 뜯으며 떠도는 첼로의 음색을 들어보세요. 이들과 어우러지는 클라리넷은 이제 더 이상 낭만적인 소리가 아닙니다. 쓸쓸하게 떠돌지요. 미묘하게 숨겨져 있다 점점 넓어져 가는 이 그늘은 앞으로 2, 3, 4악장에서 이루어질 삶의 의미에 대한 복잡한 추구를 예고하고 있습니다.

장 프레데리크 바지유, 〈분홍 드레스〉, 1864

한 소녀가 돌난간에 앉아 무연히 저 아래 마을을 바라보고 있다. 축 처진 동그란 어깨, 표정을 감춘 채 등을 보이고 앉은 그녀의 뒷모습에서 쓸쓸함이 묻어나온다. 화사한 빛의 분홍 드레스도, 귀염성스런 볼 선과 동그런 머리도 채 다 가려주지 못하는 소녀의 우수를 따라 이 곡의 1악장을 얹어 본다.

2
악장

클라리넷이 혼자가 된 듯 쓸쓸히 선율을 떠안습니다. 다정한 봄날의 기억은 어디로 갔는가, 차가워진 가을 하늘 뒤로 하고 떼 지어 날아가는 저 먼 철새들처럼, 가을걷이 끝나고 그루터기만 남은 논 위로 낮게 깔리는 밥 끓는 내음처럼, 길고 쓸쓸히 흐르는 클라리넷의 선율은 쓰라리게 추억을 더듬는 사람의 뒷모습만 같습니다. 첼로가 무섭게 흩날리는 부슬비를 뿌리고, 바이올린이 눈시울 적시며 읊조리는 독백을 그려 넣네요.

3

악장

기억하고 싶은 삶의 한 절정을 이야기하듯 다섯 개의 악기가 한꺼번에 터지며 3악장을 엽니다. 감미롭게 서로를 바라보며 흐르는 비올라와 바이올린, 그리고 첼로. 클라리넷은 호로로로로록 지저귀는 새처럼 마음껏 노닙니다.

♪1분 23초한동안 그렇게 저마다의 음색을 뽐내던 악기들이 표정을 바꾸며 진지해집니다. 무언가의 의미를 묻는 듯 바이올린은 슬프게 던지고, 선뜻 대답하지 못하며 바라보다 비올라와 첼로가 함께 흐릅니다. 인생이라는 강물 위를 서럽게 표류하는 삶의 순간이 떠오릅니다. 그리고 그런 순간마저도 이런 아름다움으로 끌어올리는 네 대의 현악기가 고귀하게 느껴집니다.

져버리는 순간 더욱 아름답게 붉은 울음 토하는 저녁 하늘처럼 저려하다가, 다시 주제 선율로 돌아가 감미롭게 서로를 바라보며 흐르고, 그러다 ♪3분 15초 도입부의 합주를 다시 울립니다.

무거워질 듯 무거워질 듯 흐르는 현악기들에게 ♪3분 58초클라리넷이 경쾌하게 들어서서 분위기를 전환해 놓고는 하네요. 농담을 던지듯 유희하듯……. 현악기들은 그래도 여전히 서럽게 떠돌며 고집을 부리지만, 이제 클라리넷이 던지는 농담에 대답할 차례입니다.

감미로움, 화합, 고통스러운 질문, 떠돎, 유희 등 삶의 여러 가지 순간들이 갈등하며 부딪쳐오고 그러면서 하나로 흘러드는, 복합적인 매력의 3악장입니다.

4 악장

오랜만에 경쾌해진 바이올린들과 첼로, 톡톡톡톡 지저귀는 클라리넷이 어울러 밝게 4악장이 시작됩니다.
사랑스럽게 제 소리를 펼쳐 보이는 다섯 대의 악기들은, 앞서 드러냈던 삶의 어두움들이 한꺼번에 해결되었다는 것일까요? 그 모든 기억, 남겨짐, 질문, 떠돎이? 마치 마법처럼?
♪2분 50초잠시 숨이 멎고 씁쓸한 음색의 비올라가 모습을 드러내며 고통스럽게 몸을 뒤틉니다. 마법은 없노라고. 내 속에는 이렇게도 많은 눈물이 떠돌고 있노라고.
조금씩 고개를 끄덕이며 가만히 귀 기울이던 악기들이 ♪4분 6초클라리넷이 던지는 농담을 계기로 손을 잡아 비올라를 끌어올리네요. 도입부의 주제 선율로 돌아가 함께 웃고 떠들다 ♪5분 17초다시 전환되고. 마치 술자리에서 함께 웃고 떠들던 친구들 가슴 속에 숨겨진, 저마다의 슬픔의 한 대목들인 듯 내비치다 ♪8분 46초그만 다시 웃어버립니다. 유희 속의 정적, 농담 속에 던져진 눈물 같은 순간들이에요.

벅차게 사랑하고 ③ 있다면

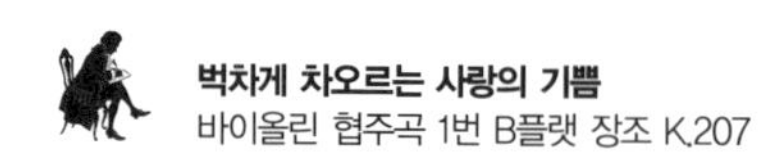

벅차게 차오르는 사랑의 기쁨
바이올린 협주곡 1번 B플랫 장조 K.207

모차르트는 여섯 살에 아버지에게 이끌려 다섯 살 위 누나 난네를과 함께 연수 여행을 시작했습니다. 독일, 영국, 네덜란드, 프랑스 등 유럽 왕실 어디를 가든 이 천재 소년에게 경탄이 쏟아졌어요. 3년간의 연주 여행은 모차르트와 그의 가족에게 만족할 만한 재정 수입을 가져다주지는 못했지만, 모차르트는 유럽 각 도시의 음악 스타일을 자기 것으로 소화할 수 있었습니다.

또한 모차르트는 당대의 사람들이 음악의 고향으로 생각하던 이탈리아를 열세 살부터 열일곱 살까지 세 차례에 걸쳐 여행하면서 더욱 원숙한 작곡가가 되었는데, 귀향 후에는 고향 잘츠부르크에서 궁정악단의 마이스터로 있으면서 바쁜 작곡 생활을 계속하였습니다. 비교적 안정된 이 시기의 막바지에 작곡된 바이올린 협주곡들은 활력과 우아한 기품이 싱싱하게 어우러져 있습니다.

이 곡은 모차르트가 작곡한 다섯 개의 바이올린 협주곡 중 첫 번째 곡입니다. 다섯 곡 중 뒤의 네 곡이 1775년 후반, 모차르트의 나이 열아홉 살 때 한꺼번에 작곡되었고 이 곡은 그보다 2년 전인 열일곱 살 때 작곡되었다고 하네요.

1

악장

터지는 기쁨으로 오케스트라가 소리를 터트립니다. 무슨 기쁨으로 그리 높이 솟아오르시나, 그리던 임께서 마음 열어 고운 연서 한 장 보내오셨나요.
독주 바이올린이 나올 차례입니다. ♪47초바이올린은 하늘로 솟구치는 물줄기처럼, 높이 솟았다가 툭 떨어지며 낙하를 즐기는 종다리처럼, 물살 가르고 나아가다 높이 뛰어오르는 순간 반짝 빛나는 돌고래처럼, 기쁨에 겨워 활짝 존재를 열어젖힙니다.
물줄기와 하늘, 종다리와 비행, 돌고래와 물살이 기쁨을 주고받듯, 그렇게 독주 바이올린과 오케스트라가 언어를 주고받습니다. 설레어하고, 기뻐하며, 잠깐씩 머뭇거리기도 하다♪2분 18초 더욱 환하게 웃음 지으며…….
사랑하는 사람과 나뭇잎처럼 웃으면서, 나무들이 늘어선 길을 파도처럼 달리고 싶어지는 곡입니다. 그때 당신과 내 가슴을 가득 채울 땀과 눈길, 심장 소리처럼 싱싱한 기쁨이 넘치는 곡입니다.

제임스 티소, 〈10월〉, 1877

노랗게 나뭇잎이 물든 숲 속으로 아름다운 여인이 살금살금 걸어 들어가고 있다. 치마를 가볍게 말아 쥐고 엉덩이를 살짝 내민 채 이쪽을 뒤돌아보는 표정이 사랑스럽기 그지없다. 그녀의 눈빛과 화면 밖에서 그녀를 그리고 있을 화가 사이에 흐르는 사랑의 기쁨이 이제라도 밀어가 되어 들릴 것만 같다.

2 악장

풍경을 묘사하듯 오케스트라가 잔잔히 흐릅니다. 어떤 풍경을 떠올릴 수 있을까요. 옅은 안개가 내린 여행지. 높지 않은 지붕 아래 표정처럼 창이 많이 달린 집들. 담장 없이 잔디가 자라고 키 낮은 꽃들이 드문드문 웃고 있으며, 나무가 오래전부터 꿈을 꾸며 제집을 품어 키운 그런 집들이 늘어선 곳입니다. ♪1분 10초 그 집들 사이를 천천히 거닐다 어느 모퉁이를 돌아갈 때, 문득 두고 온 벗들인 듯 지상으로 마중 나온 옅은 안개를 만납니다. 소곤소곤 그이들 이야기 소리라도 들릴 듯 그리움이 번져요. 그렇게 꿈꾸듯, 품어 안듯 안개처럼 부드럽게 감싸며 오케스트라가 흐릅니다.

"지도에서 도시나 마을을 가리키는 검은 점을 보면 꿈을 꾸게 되는 것처럼 별이 반짝이는 밤하늘은 늘 나를 꿈꾸게 한다. 그럴 땐 묻곤 하지. 프랑스 지도 위에 표시된 검은 점에게 가듯 왜 창공에서 반짝이는 저 별에게 갈 수 없는 것일까?" (동생 테오에게 보낸 고흐의 편지 중에서)

♪3분 33초 우리에게 삶이 여행이라면, 별에 이르고 싶었던 사나이 고흐는, 그리고 우리는, 어느 별을 찾아 떠나가고 있는 것일까……. 돌이켜 보듯 중얼거리며 독주 바이올린이 옅은 안개 속을 걷습니다.

Wolfgang Amadeus Mozart
모차르트 오마주
모차르트의 선율, 시와 그림을 만나다

3
악장

다시 활기차게 펄럭이는 3악장입니다. 탄력을 얻어 1악장보다 더 힘차게 휘날리는 독주 바이올린과 아침을 여는 소리처럼 생기를 뿜어내는 관악기들. 달리는 말처럼 활력 있게 현악기들이 꿈틀거립니다. 향하여 떠나갈 무엇을 찾아낸 여행자처럼, 걷는 동안 만나는 모든 별을 벅차게 사랑하게 된 음유 시인처럼, 그 길을 함께 걸어줄 연인의 손을 감아쥔 충만한 가슴처럼, 기쁘게 출렁이는 곡입니다.

모네의 그림을 보면서 음악을 듣는다면 ④

화사하고 충만한 빛들로 짠 조각보
바이올린 협주곡 2번 D장조 K.211

두 번째 바이올린 협주곡입니다. 이 시기의 바이올린 협주곡 네 곡은 모차르트가 잘츠부르크의 궁정악단의 마이스터로 있으면서 작곡한 곡들이기 때문에 잘츠부르크 협주곡이라고도 불립니다.

이 곡은 모차르트 협주곡만의 개성, 즉 오케스트라와 독주 악기가 극적인 대화를 나누는 모습은 아직 많이 드러나지 않지만 명랑하고 활기찹니다. 빛으로 가득한 모네의 그림을 보는 것 같이 화사하고 충만한 곡입니다. 청년 모차르트가 소리로 하늘에 그린 그림 같습니다.

1

악장

박력 있게 문을 여는 오케스트라와 독주 바이올린이 경쾌하면서도 우아한 선율을 뽑아내며 풍성하게 퍼져갑니다. 새로 돋은 청신한 잎으로 단장한 나무들과 화사하게 피어난 봄꽃들 가득한 숲이 생각납니다. 꽃 이파리 하나, 나뭇잎 한 장마다 환하게 내려앉은 햇살에 스미는 싱싱한 충족 같습니다.

♪1분 12초설레어 하면서도 앞으로 시원하게 뻗어 나가는 독주 바이올린의 선율을 들어 보시지요.

새파란 하늘이 드넓게 펼쳐진 어느 이국에서, 노랗게 피어난 해바라기들 사이로 열린 들길을 걸을 때처럼, 그 대지를 딛는 발소리처럼 싱그럽습니다. 재깔거리던 웃음도 멈추고 고개 잔뜩 뽑아 올린 채 해바라기 꽃잎에 눈길 주는 아이 하나가 길 끝에서 환하게 서 있네요.

클로드 모네, 〈모네의 정원: 뵈퇴유〉, 1881

♪2분 56초숲길을 거닐다 잠시 앉아, 무릎 위에 꽃 무더기 놓아 보며 이렇게나 가까이 다가와 앉은 생의 기쁨을 노래하는 순간을 그려보세요. 붉은 모란, 주홍 능소화, 나리꽃, 흰빛 보랏빛 라일락이 흐드러지게 피어있습니다. 싱그러운 자작나무 백양나무 잎들이 푸른 그늘을 드리운 이곳은 어느 짙은 장원입니다.

클로드 모네, 〈정원의 여인들〉, 1867

풍성한 오케스트라가 경이에 찬 삶의 순간들을 감싸고 돕니다. 이파리들 희롱하는 햇빛처럼, 오케스트라에서 색채가 뿜어져 나오는 것 같이 탄력이 느껴집니다. ♪4분 8초

그 앞에서 우리는 모네의 그림 〈파라솔을 든 여인〉처럼 구름과 햇빛, 바람이 말아 올리는 회오리에 실려 공중으로 떠오릅니다. ♪8분 16초

클로드 모네, 〈파라솔을 든 여인〉, 1886

2 악장

2악장은 한결 부드럽고 차분하게 흐릅니다.

♪35초 건듯건듯 가을바람 불어오는 마당에서 계절이 가져다주는 빛에 취한 시인 김영랑이 떠오릅니다. 이곳은 담장이 낮은 집이에요. 노랗게 잎끝이 물들어가는 나무들, 꾹 손가락을 대면 파란 물이 쏟아질 것 같은 하늘, 들녘에서 실려오는 벼 익는 냄새, 고슬고슬하게 불어오는 바람 속에서 나뭇잎 한 장 툭 떨어지듯 누이의 목소리가 날아듭니다.

"오매, 단풍 들겄네"
장광에 골 붉은 감닢 날러오아
누이는 놀란 듯 치어다보며
"오매, 단풍 들겄네."

— 김영랑, 〈오매, 단풍 들겄네〉 중에서

머리꼬리 길게 늘이고 동동동동 장독으로 종종걸음 치는 누이와 시인의 마음에, 둥둥둥 물결치는 더블베이스에, 쓸쓸히 우는 바이올린에, 부드럽게 숨을 내쉬는 관악기들에 가을이 강물처럼 부드럽게 흘러듭니다.

3
악장

독주 바이올린이 부르고, 오케스트라가 기꺼이 따르며 새 길을 떠납니다. 춤을 추듯이, 모험을 떠나듯이, 어딘가에 펼쳐져 있을 또 다른 계절 또 다른 자연의 신비를 찾아 기대로 부푼 가슴을 안고 떠나갑니다. 샤갈의 〈초록 바이올리니스트〉처럼 지붕을 발아래 두고, 제 살던 마을도 발아래 두고, 큰 신 신고 훌쩍 자유롭게 떠나갑니다.

오이처럼 싱싱한 ⑤ 음악을 듣고 싶다면

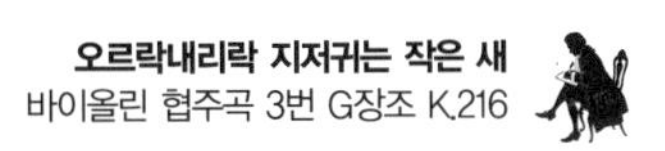

모차르트의 바이올린 협주곡은 이 곡의 1악장을 통해서 처음으로 만났습니다. 소리가 어찌나 싱싱한지 울적한 가슴으로 가을을 견디던 제게 좋은 치료제가 되어 주었지요. 그때부터 한 곡씩 한 곡씩 찾아 들으며 모차르트의 세계에 빠져들었던 것 같습니다.

그의 피아노 협주곡이 죽음의 순간까지 평생토록 작곡된 것과 달리 바이올린 협주곡은 열아홉 살이 되던 해에 집중적으로 작곡되었습니다. 몇 달 사이에 만들어진 작품들이지만, 이 3번 협주곡부터 협주곡을 다루는 모차르트만의 솜씨가 비약적으로 발전했다고들 합니다. 그래서 그의 바이올린 협주곡은 3번, 4번, 5번이 많이 연주됩니다. 화사하고 명랑하던 것에서 한 걸음 나아가 여러 가지 생각이 담기기 시작하니까요.

오감으로 와 안기는 사랑스러운 곡을 같이 들어보겠습니다.

1

악장

문이 열리자마자 탄성이 터져 나옵니다.

마치 드높게 솟아올라 생의 기쁨을 노래하며 오르내리는 작은 새를 보는 것 같습니다. 파랗고 넓은 하늘에 오직 나 하나, 이 드넓은 하늘은 나의 것이라는 듯. 몸집도 작은 저것은 어찌 그리도 기쁨과 신비, 영감으로 충만해 있나요.

바이올린 활이 영감으로 충만한 작은 새라면, 오케스트라는 기꺼이 그 새를 담아 배경이 되어주는 창공에 비견할 수 있겠습니다. 그 하늘을 흐르는 바람처럼 오보에나 호른 같은 관악기만이 따로 나와 매력적으로 흐르기도 하고♪1분 6초, 바이올린이 드높이 지저귈 때면 그 비상이 돋보이도록 여백 많은 하늘이 되어 잔잔히 따라가 주기도 합니다♪1분 12초.

오케스트라가 바이올린과 함께 힘차게 솟구치며 마음껏 노래할 때는, 빛살이 폭포처럼 쏟아지는 커다란 하늘을 앞에 둔 때처럼 신비롭고 벅찬 느낌이 듭니다.♪2분 57초 이렇게 바이올린과 오케스트라는 소리로 기쁨과 영감 그리고 신비를 우리 가슴에 시원스레 그려 넣습니다.

그러다 곡의 후반부에♪6분 48초 바이올린이 조심스럽게 높은 현 위에서만 머무르며 멈칫거립니다. 무슨 먹구름이라도 만난 걸까? 새는 제자리를 맴돌며 멈칫멈칫 탐색하고 오케스트라는 숨죽여 바이올린의 몸짓을 지켜봅니다. 돌풍을 만난 것처럼 그렇게 나아가지 못하고, 거미줄에 걸린 나비처럼 날갯짓만 날카롭게 계속하던 작은 새를, 오케스트라가 데려가♪8분 18초 원래의 자유로운 탄성으로 함께 날아가며 1악장이 끝납니다. 이 곡이 그리는 시원하고 드넓은 하늘을 담은 시 한 편 같이 읽어 보겠습니다.

하늘

박두진

하늘이 내게로 온다.

여릿여릿

머얼리서 온다.

하늘은, 머얼리서 오는 하늘은,

호수처럼 푸르다.

호수처럼 푸른 하늘에,

내가 안긴다. 온몸이 안긴다.

가슴으로, 가슴으로,

스미어드는 하늘,

향기로운 하늘의 호흡,

따가운 볕,

초가을 햇볕으론 목을 씻고,

나는 하늘을 마신다.
자꾸 목말라 마신다.

마시는 하늘에
내가 익는다.
능금처럼 내 마음이 익는다.

2
악장

1악장에 비해 애틋해집니다.

♪34초호소하는 듯, 부드럽게 쓸어안는 듯 가늘게 바이올린이 떨려오지요. 작은 새가 사라진 텅 빈 하늘을 바람만이 쓰다듬고 있습니다. 가을이 찾아든 강물을 더듬듯 갈대가 하느작하느작 부드럽게 흔들리고 있습니다. 꿈꾸는 듯, 이제는 만날 길 없는 누군가를 그리워하는 듯, 아름답지만 쓸쓸하게 바이올린이 한숨 쉽니다.

♪2분 42초툰드라에 산다는, 가을이면 우리나라에 찾아들어 겨울을 나는 아름다운 새, 고니가 커다랗고 하얀 몸을 펴고 홀로 날아가고 있습니다. 그 새의 커다란 날개 위로, 이 쓸쓸하고 단정한 바이올린 소리가 흐르고 있습니다.

♪5분 52초고니가 날아가 버리고 남은 텅 빈 하늘처럼, 바이올린이 가늘고 긴 선을 남기며 사라집니다. ♪6분 57초그 여운을 오케스트라가 마지막으로 쓰다듬으며 가만히 내려앉네요.

3
악장

다시 풍성해지며 밝아지는 3악장입니다.

오케스트라가 먼저 싱싱하고 활기차게 문을 열어주면, ♪31초독주 바이올린이 들어서서 대답을 합니다. 다시 당신을 만나게 되어서 기쁘다고, 설레는 마음을 감추지 않고 기다란 손을 흔들며 이야기합니다. 혼자 있는 시간에 있었던 일들을 이야기하듯 빠르게 쏟아내다가 쓸쓸하게 곱씹는 듯 애잔해지기도 합니다.

♪2분 58초오케스트라가 장난을 걸듯 퉁퉁 소리를 튕기며 대꾸를 하니, 바이올린도 한결 발랄해져서 노래하네요. 감성이 섬세하고 표현이 풍부한 처녀와 대화를 나누는 것처럼 다감하고, 때로는 장난스럽습니다. 그렇게 바이올린이 여러 악기와 함께 즐겁게 노래했다가 저 혼자 지저귀기도 했다가 주고받기도 합니다.

떠나갔던 작은 새도 돌아오고 이제 하늘도 바람도 더 이상 혼자가 아니게 되었다는 듯 풍성하고 밝게 소리를 펼쳐갑니다.

‘나’다움을 찾고 6
싶을 때

화려하고 정열적인 마력
바이올린 협주곡 5번 A장조 K.219 ‘터키풍(Turkish)’

이 곡은 모차르트의 마지막 바이올린 협주곡이자 가장 사랑받는 곡이기도 합니다. 앞의 나섯 곡에 비해 역동적이고 화려한 곡이라 눈길을 많이 끌지요. 특히 3악장 중간부에 거칠고 마력적인 미뉴에트가 과감하게 제시되는데, 이 부분이 터키 음악을 닮았다고 해서 터키풍이라는 별칭으로 불리고 있습니다.

열아홉 살 청년 모차르트가 젊은 날의 열정을 예리하게 가다듬어 정열적이면서도 세련된 느낌이 물씬 풍기는 곡으로 내놓았습니다. 오케스트라와 독주 바이올린이 충돌하기도 하고 어우러지기도 하며 극적인 대화를 내놓는 곡, 그 곡에 담긴 생각을 충분히 따라가며 들어보면 좋을 것입니다.

악장

무대 한편에서 주인공이 나오길 기다리는 마음처럼 오케스트라가 설레는 긴장을 담고 바이올린을 부릅니다.

♪1분 14초이제 오케스트라를 향해 서서히 독주 바이올린이 모습을 드러냅니다. "그래요 나 여기 있어요"하며 서서히 걸어 나오듯 우아한 선율을 뽑아냅니다.

♪2분 2초잠시 호흡을 고르더니 이내 정열적인 선율로 바뀌지요. 이 여인의 가슴 속에는 불보다 더 뜨겁고, 저 자신보다 더 거대한 정열이 이글거리고 있습니다. 듣는 사람을 빠져들게 만드는 바이올린의 매력적인 주제 선율을 들어보세요. 거침없이 힘차다가도 금세 표정을 바꾸어 가녀리게 떨리는 소리는 열정과 함께 섬세한 감성으로 충만합니다.

"그래요, 함께 꿈을 꿉시다."라고나 이야기하는 듯 오케스트라가 이따금 손을 내밀지만♪2분 52초, 3분 18초 이런 식으로, 바이올린은 그 손을 맞잡기보다는 많은 시간 자신이 동경해마지않는 그 어딘가로 향해 있습니다.

♪4분 16초감성으로 충만해 있으면서도 시원하게 현 위를 오르내리며 앞으로 죽죽 뻗어 나가는 바이올린이 "내 꿈은 아주 거대한 것, 이루기 어려운 것, 나는 머뭇거릴 수 없어요."라고 이야기하는 것 같이 들립니다.

열정과 감성을 예리하게 가다듬어, 정열적이면서도 세련된 느낌이 물씬 풍기는 곡입니다.

2

악장

바이올린을 부르는 것 같은 오케스트라와 ♪1분 34초생각에 잠겨 흐르는 듯 들리는 바이올린. 같은 선율이 둘 사이에 어떻게 다른 느낌으로 변주되는지 귀 기울여 들어보면 좋을 곡입니다.

첼로의 저음과 호른의 둥그런 소리에 감싸인 오케스트라는 그리워하며 부르는 듯 들리지만, 같은 선율을 반복할 때라도 독주 바이올린이 소리 낼 때는 저 홀로 생각에 잠긴 것처럼 들리면서 느낌이 아주 달라지지요.

어디 길이라도 떠난 걸까, 홀로 떠난 길 위에서 인생의 슬픔을 저 혼자 만난 듯 1악장의 시원스러움은 사라져 버리고 소리는 쓸쓸하게 떠돕니다.

지금 바이올린은 차가운 물가에 서 있습니다♪1분 34초. 손마저 주머니 속에 숨겨버리고 하염없이 먼 데를 바라보는 바이올린은 문을 닫고 자기 안에서 흘러요.

마른 낙엽들이 저 홀로 바스러지며 뒹구는 거리 같고, 남보랏빛으로 흐르는 겨울의 새벽하늘 같고, 텅 빈 운동장에 내려설 때 한순간 숨을 멎게 하며 가슴 속을 파고드는 파란 햇살 같습니다.

바이올린이 그렇게 고조될 때마다 가만가만히 조율해오던 오케스트라가 이제는 바이올린을 크고 부드러운 몸짓으로 휘감습니다♪3분 40초. 멀리서 연인의 안부를 묻는 애틋한 가슴처럼, 뒤를 돌아보지 않고 어딘가를 향해 걸어만 가는 여인에게 변함없이 더운 가슴을 바치는 따스한 남자처럼.

독주 바이올린의 쓸쓸한 선율이 한 번 더 이어지다, 잠시 바이올린이 오케스트라를 불러 안겨 보지만♪5분 44초, 이내 홀로일 때의 그 선율로 돌아가 버립니다.

마지막으로 바이올린이 탄식을 내쉬고♪8분 44초 그 한숨을 오케스트라가 부드럽게 쓰다듬으며♪9분 21초 곡이 끝납니다.

3 악장

독주 바이올린이 이제 한결 편안하게 오케스트라를 부릅니다. 그간 있었던 일들을 이야기하는 연인처럼 다정하게 소리가 섞여듭니다.

♪25초 독주 바이올린이 특유의 자기 색깔을 내며 이야기를 할 때는 낯을 찡그리며 살짝 무거워지기도 하지만 이제 3악장에서는 서로가 서로의 소리를 끌어당기며 자연스럽게 어우러집니다.

바이올린의 부름에 오케스트라가 한층 진지하게 답하면서 이제 곡은 극적으로 표정을 바꿉니다. ♪1분 55초

가슴 저 밑바닥에서부터 꿈틀거리며 솟아오르는 정열. 쉽사리 충족되지도 않고 포기할 수도 없는 정열은 그것을 소유한 사람에겐 오랜 지병과도 같은 것입니다. 내면의 벽을 끊임없이 발길질하며 탈출을 시도하니까요. 악기들이 진지하게 긴장의 수위를 높이며 이 웅크린 정열의 폭발, 중반부 터키풍 선율을 준비합니다 ♪3분 22초.

♪3분 48초 첼로 활로 현을 웅웅 두드려서 내는 독특한 파열음이 터져 나오면서, 곡의 표정이 더한층 정열적으로 변합니다. 현이 내는 파열음과 함께 천천히 긁듯 밀었다가 빠르게 당기며 창조되는 독특한 음색, 그리고 거칠게 오르내

리는 여러 개의 현악기 활이 만들어내는 불꽃 같은 세계를 들어보세요. 꼭 끌어안고 모래알처럼 부서져, 차라리 스러지고 싶은 정열이 세차게 몰아칩니다.

♪5분 46초정열이 스러진 자리에 악기들이 초반부의 흐름으로 돌아가 편안히 닻을 내립니다. 부드러운 웃음, 가벼운 손짓과 내밀한 속삭임이 자연스럽게 어우러진 다정한 세계에 편안하게 닻을 내립니다.

앙리 마티스, 〈춤 I〉, 1909

벌거벗은 여인들이 둥그렇게 원을 그리며 자유의 춤을 춘다. 하늘은 파랗고 대지는 초록빛이다. 화면을 꽉 채운 그녀들의 몸은 우람하며 우주의 율동을 담고 있다. 이 순간 그녀들은 활짝 실현되어 있다. 대담한 자기실현의 느낌이 두드러지는 곡이고 그림이다.

아름답지만 돌아갈 수 없는 시간을 회상할 때

7

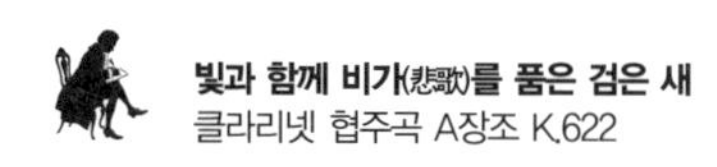

빛과 함께 비가(悲歌)를 품은 검은 새
클라리넷 협주곡 A장조 K.622

1791년은 모차르트가 서른다섯 살의 나이로 유명을 달리한 해입니다. 바람이 봅시 부는 12월의 일이었습니다.

탈출하기 어려운 궁핍과 잇단 자식들의 죽음, 아내의 지병, 그리고 식어버린 대중들의 환호로 모차르트의 마음은 외로움과 절망으로 가득했습니다. 그러나 모차르트는 그러한 절망 속에서도 끊임없이 작곡을 계속했고, 더욱 놀라운 것은 이 시기의 음악이 무겁고 어두웠던 것만은 아니라는 점입니다. 음악의 힘으로 어둠을 물리친다는 내용의 동화적인 희망이 가득한 오페라 〈마술피리〉가 그렇고, 지금의 이 클라리넷 협주곡이 그렇습니다.

비록 삶이 모차르트에게 가져다준 것은 비올라의 음색과도 같은 씁쓸함이었지만(사실 모차르트가 가장 사랑하는 악기는 비올라였습니다), 그에게 음악의 아름다움은 구원이었고, 아름다움은 그가 끝내 지켜내고자 한 삶의 정수였기 때문에 그러할 것입니다.

이 곡 역시 모차르트의 친구였던 빈의 클라리넷 연주자 안톤 슈타들러를 위해 작곡한 곡입니다. 모차르트가 죽기 불과 몇 달 전인 1791년 10월에 쓴 이 작품은 궁핍과 병고 속에서 썼다고는 믿기 어려울 만큼 아름답고 부드러워요. 그러면서 그 속에 말할 수 없이 투명한 애수를 담고 있지요. 특히 2악장은 영화 〈아웃 오브 아프리카〉에 나왔던 곡이라 익숙할 겁니다.

모차르트가 죽음을 앞두고 우리에게 주고 간 선물을 함께 풀어볼까요?

1악장

오케스트라가 먼저 나오고 이어 클라리넷을 소개하는 형식의 첫 악절을 들어보겠습니다.

축제를 준비하듯 설렘과 가벼운 흥분으로 오케스트라가 떠오릅니다. 정중하게 차려입고 여인의 기척이 나기만을 기다리며 문 앞에서 기다리는 신사가 떠오릅니다.

♪2분 오케스트라가 잠시 숨죽일 때 클라리넷이 경쾌하게 문을 열고 나타나네요. 클라리넷은 오케스트라의 서곡을 받아 안듯 따라 하며 들어옵니다.

마치 이렇게 말하는 듯합니다.

오케스트라 이리로 오세요, 여기 내 손이…….

클라리넷 그래요, 이리로 오세요, (이렇게 내 옆에 선) 당신은 누구신가요?

오케스트라 나는 당신을 그리는 작은 달, 여기서 이렇게 오래도록 당신을 비추며.

클라리넷 나는 작은 새. 하늘과 바람 나무들은 나의 오랜 친구들이지요. 이 가슴에 들어와 끝없는 이야기를 들려주며 흐르고 있어요.

처음 나타날 때는 잔치 날의 새처럼 들뜬 모습이었지만, ♪2분 46초 클라리넷이 이내 심각해지며 자신을 드러냅니다. 고음을 낼 때는 작은 새처럼 발랄하지만 음을 약간만 틀면 금세 빈 들판을 흐르는 바람처럼 쓸쓸해집니다. 저음을 낼 때는 검은 옷 입고 무대 위에 선 채플린처럼 어딘지 익살스러운 소리 속에 삶의 고통이 배어 나옵니다. 저 미끈하고 검은 몸을 가진 여인은 도대체 누구이지요? 2, 3, 4악장에서 이 여인의 색깔이 점점 분명하게 드러나게 됩니다.

♪5분 41초, 8분 45초 오케스트라는 끊임없이 클라리넷을 감싸고 돌며 씁쓸한 색깔의 곡에 밝은 설렘과 기대를 불어넣습니다.

2 악장

아름다운 꿈 꾸다 깨어난 헛헛한 가슴처럼 흘러나오는 선율에 마음 실어 봅니다.
클라리넷이 주도하는 선율을 오케스트라가 가만가만히 따라가며, 인생이라는 사진첩 속에 끼워진 서러운 사진 몇 장을 꺼내 보입니다. 어떤 사진인가요?
아름다웠던 고향 마을, 하지만 이제는 물밑에 잠겨 영원히 가 볼 수 없는 그곳을 꿈속에서 더듬듯 소리가 흐릅니다. 더듬어만 보다 어느 날 고향을 삼킨 시퍼런 못물 앞에 선 사람, 하늘을 담은 물을 바라보며 쓸쓸히 선 그 사람의 사진처럼 투명하고 서럽네요. 찰랑찰랑 뱃전을 두드리는 물살 느끼며 강바람에 지그시 눈감고 흔들리는, 그렇게 추억 속의 아름다움과 눈앞의 아름다움을 거듭 더듬는 어느 중년의 시인처럼 그렇게.
이런 장면도 떠오릅니다.
너무 늦게, 혹은 너무 일찍 찾아온 사랑일까, 소리 내어 불러보지도 못하고 안으로만, 안으로만 거두어들여 둥글고 단단한 진주로 정련하는 저린 가슴, 그 가슴 앞에 어렵게 내민 마디 굵은 손, 엉성한 우산도 소리를 타고 떠오릅니다.

역사의 현장에 가서 죽음의 냄새를 맡고 온 시인의 마음, 뜨겁고 부드럽고 모질게 시대와 언어를 껴안았던 영원한 모더니스트 김수영을 진하게 그리워하는 시인의 마음, 그리고 이 순간, 아름답지만 쓰라린 추억을 더듬는 당신의 가슴에 이 곡을 얹어드리고 싶습니다.

신현의 쑥

허 만 하

거제도 신현 산비탈에 남아 있는
부서지다 만 앙상한 콘크리트 구조물
담벽과 마른 풀 틈새에
몇 포기 쑥이 사라고 있나.
새로 피어난 어린 잎사귀에 묻어 있는
젖빛 솜털의 눈부심
목숨의 정갈한 부드러움
문짝 떨어진 창구멍을 드나드는
바람에 쑥 냄새 같은 엷은 화약내가 묻어 있다.
빈 포로수용소 콘크리트의 적막한 그늘.

한려수도 물이랑 위에 부서지는
김수영의 옆얼굴
가시철조망 너머로 그가 바라보던
해맑은 갈맷빛 일렁임의 자유.

국경을 사이에 둔

시의 안과 바깥.

여윈 앞가슴으로 미친 역사와 맞서던 쇳물같이 뜨거운 언어

풀잎같이 부드러운 언어

쑥같이 되살아나는 모진 언어

판문점 포로송환위원회 앞에

폭포처럼 수직으로 선 알몸의 시.

포도송이 같은 눈망울

날카로운 눈빛으로 바라본

가시넝쿨 바깥의 아득한 노을

긴

긴

기다림.

3
악장

장난스러운 요정처럼 발랄하게 지저귀는 3악장입니다. 화려하고 둥근 클라리넷 소리 공중을 가볍게 날아다니고, 오케스트라도 함께 마음껏 즐거워합니다. 음표들이 즐거워 웃으며 공중에서 떠다니는 것 같네요.

♪1분 26초그러다 뭔가 비밀스럽게 속삭일 것이라도 있다는 듯 짐짓 표정을 바꾸며 가까이 내려앉고, 오케스트라도 색깔을 바꾸며 귀를 기울입니다. 나지막이 주고받다 ♪2분 28초호른이 크게 추임새라도 넣듯 밤바바바밤 하면서 끼어들면 클라리넷은 수런수런 재잘재잘, 두런두런 계속 이야기합니다. 감정이 풍부하고 다정한 여인이 편안히 자기 이야기를 들려주는 것 같은 마무리입니다.

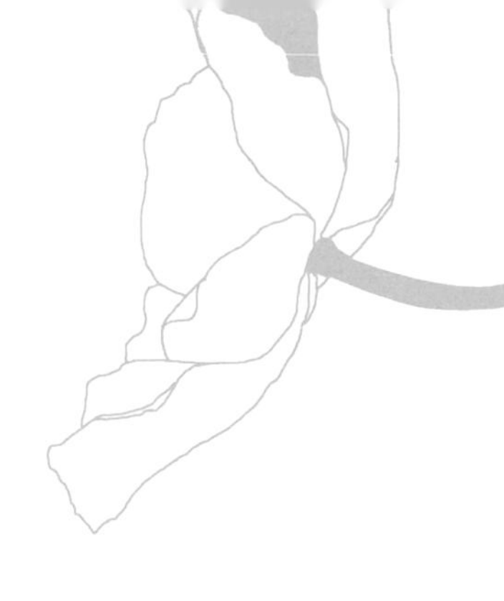

모차르트 연보

대표곡의
작곡 시기를
중심으로

1775
모차르트
나이

19

네 편의 바이올린 협주곡을 쓰다. 모차르트 나이 6세에 시작된 연주 여행은 3년 동안 계속되었다. 모차르트는 아버지에게 이끌려 누나 난네를과 함께 독일, 영국, 프랑스 등을 돌았고, 또한 당대 사람들이 음악의 고향으로 생각하던 이탈리아를 13세부터 17세까지 세 차례에 걸쳐 여행하면서 더욱 원숙한 작곡가가 되었는데, 귀향 후에는 고향 잘츠부르크에서 궁정악단의 마이스터로 있으면서 계속 작곡을 하였다. 다섯 편의 바이올린 협주곡 중 네 편을 이 시기에 썼는데, 모두 청년 모차르트의 명랑하고 우아한 활기를 담뿍 담고 있다.

1778
모차르트
나이

22

불후의 바이올린 소나타 E단조 K.304를 작곡하다. 고향 잘츠부르크 궁정의 대주교 콜로레도와 계속된 갈등 끝에 모차르트는 21세 때 해고되고 만다. 그는 구직을 위해 음악 여행을 떠났는데 어머니와 동반한 이 여행은 독일에서 프랑스 파리까지 해를 넘기며 계속되었으나, 신동이라는 소문을 몰고 다니던 어린 때와 달리 번번이 실패로 끝나고, 결국 어머니는 파리의 한 싸구려 여관에서 죽음을 맞게 된다. 이 곡에는 사랑하는 어머니를 비참하게 잃은 슬픔과 고통이 담겨 있다.

1781
모차르트
나이

25

고향 잘츠부르크를 완전히 떠나 음악의 도시 빈에 정착하다. 1781년부터 1787년까지 6년간, 모차르트 나이 25세부터 31세까지의 이 시기는 안정적인 작곡가 자리를 얻고 음악적으로도 좋은 평가를 받은 전성기로 흔히 빈 시대라고 불린다.

1784 **모차르트 나이** **28**

바이올린 소나타 E플랫 장조 K.454 작곡하다. 바이올린이 소나타를 이끌어가는 중심이고, 피아노가 보조의 역할을 하는 진정한 바이올린 소나타는 19세기 낭만주의 시대에 들어서야 본격적으로 작곡되는데, 모차르트는 시대를 앞서서 바이올린을 피아노와 대등한 위치에 놓고 작곡을 하기 시작한다. 이 곡은 그러한 선구적인 시도가 체계화된 곡이다.

1785 **모차르트 나이** **29**

현악4중주 18번 A장조 K.464를 작곡하다. 모차르트는 빈에서 자리 잡고 있었던 작곡가인 하이든(당시 나이 53세)과 작곡에 대한 의견을 교환하며 서로에게 배웠다. 이 시기에 작곡한 6곡의 현악4중주는 직접 하이든에게 헌정하기도 했는데, 이 작품들은 모두 친밀하고 사교적인 음악이었던 실내악곡의 표현력을 확장하여 개성적이고 진지한 곡으로 끌어올린 곡들이다.

피아노 협주곡 20번 D단조 K.466을 작곡하고 초연하다. 이 곡은 1780년대 중반에 이르러 모차르트 음악에 나타나는 변화-과감하고 때론 어둡기까지 한 내적 표현을 본격적으로 드러내 주는 곡이기도 하다. 초연되었을 때 이 곡은 빈 청중들에게 냉담한 반응을 받았다고 하는데 그런 면에서 그의 진지하고 선구적인 음악이 동시대 청중들에게 외면당하고, 앞으로 운명이 그에게 등을 돌리게 되리라는 것을 알리는 서곡과도 같은 곡이다.

1788 모차르트 나이 **32**

최후의 교향곡 39번, 40번, 41번을 몇 주 사이에 작곡하다. 이 때의 모차르트는 생활고에 몹시 시달릴 때인데, 세 곡 모두 그러한 세속의 고통을 뛰어넘어 깊고 위대한 정신세계에 도달하고 있다. 불멸의 G단조 교향곡 40번 K.550은 운명이라 할 만큼 강렬하고 비극적인 느낌 아래에서도 굴복하지 않는 영혼을 표현하고 있어 이 시절 모차르트의 고통과 의지가 오롯이 전해지는 곡이다. 씁쓸한 비올라의 음색이 두드러진 현악5중주 4번 G단조 K.516도 이 시기에 작곡되었다.

1791 모차르트 나이 **35**

죽기 불과 몇 달 전인 1791년 10월, 클라리넷 협주곡 A장조 K.622 작곡하다. 모차르트의 말년은 탈출하기 어려운 궁핍과 잇단 자식들의 죽음, 아내의 지병, 그리고 식어버린 대중들의 환호로 외로움과 절망으로 가득한 것이었지만, 그러한 절망 속에서도 모차르트는 끊임없이 작곡을 계속했고, 더욱 놀라운 것은 이 시기의 음악이 무겁고 어두웠던 것만은 아니라는 점이다. 이 곡 역시 궁핍과 병고 속에서 썼다고는 믿기 어려울 만큼 아름답고 부드러운 곡으로 그러면서도 그 속에 말할 수 없이 투명한 애수를 담고 있다.

이 시들은 아래와 같이 저작물 사용 허락을 받고 수록하였습니다.

193쪽 김종삼, 〈나의 본적〉, 《북치는 소년》, 한국문예학술저작권협회
176쪽 박재삼, 〈맑은 하늘 한복판〉, 《천년의 바람》, 한국문예학술저작권협회
30쪽 송수권, 〈산문에 기대어〉, 《산문에 기대어》, 한국문예학술저작권협회
64쪽 장석남, 〈수묵〉, 《왼쪽 가슴 아래께에 온 통증》, 한국문예학술저작권협회
215쪽 정호승, 〈수선화에게〉, 《내가 사랑하는 사람》, 한국문예학술저작권협회
246쪽 박두진, 〈하늘〉, 한국문예학술저작권협회
106쪽 최승호, 〈대설주의보〉, 《대설주의보》, 한국복사전송권협회
264쪽 허만하, 〈신현의 쑥〉, 《비는 수직으로 서서 죽는다》, 한국복사전송권협회
52쪽 문태준, 〈반딧불이에게〉, 《맨발》, 창비
132쪽 문태준, 〈와글와글와글와글와글〉, 《맨발》, 창비
183쪽 이성복, 〈높은 나무 흰 꽃들의 燈〉, 《남해 금산》, 문학과지성사